GAME OF GOETIA

니콜로 장편소설

FUSION FANTASTIC STORY

마왕의 게임

마왕의 게임 19
니콜로 장편소설

초판 1쇄 찍은 날 § 2017년 1월 4일
초판 1쇄 펴낸 날 § 2017년 1월 11일

지은이 § 니콜로
펴낸이 § 서경석

편집책임 § 이지연

펴낸곳 § 도서출판 청어람
등록번호 § 제387-1999-000006호
등록일자 § 1999. 5. 31
어람번호 § 제1-2600호

주소 § 경기도 부천시 부일로 483번길 40 서경B/D 3F (우) 14640
전화 § 032-656-4452 팩스 § 032-656-4453
http://www.chungeoram.com
Email § chungeorambook@daum.net

ISBN 979-11-04-91130-9 04810
ISBN 979-11-04-90396-0 (세트)

GAME OF GOETIA

19

니콜로 장편소설

FUSION FANTASTIC STORY

마왕의 게임

도서출판 청어람

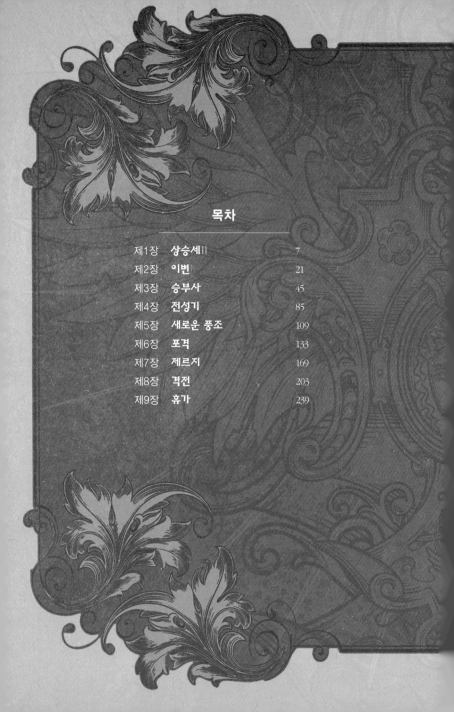

목차

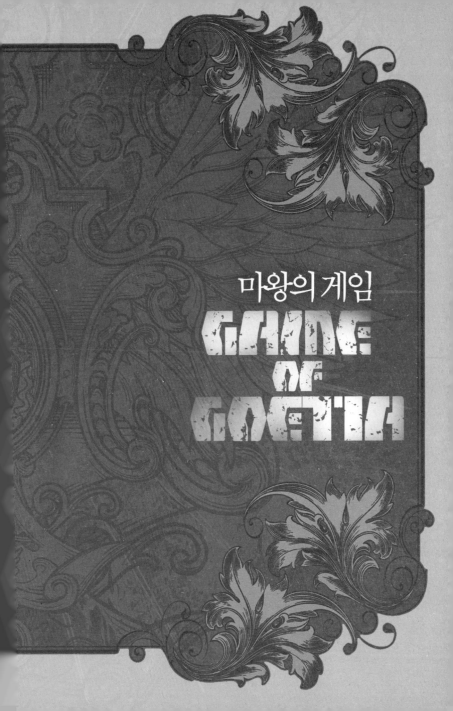

제1장

상승세 II

　5만 마력의 최대치 베팅까지 됐으니 비스마르크로서는 승
부수였다.

　하지만 시작 직후.

　비스마르크는 기겁을 해야 했다.

　7시에서 시작한 비스마르크의 진영.

　6시부터 정찰을 시작하는데, 곧바로 이신을 발견하고 말았다.

[적을 발견했습니다.]

　같은 안내음이 이신에게도 전달되었다.

6시와 7시.

장기전을 위해 8인용 전장 선택이라는 강수를 두었던 의도가 완전히 허사가 된 순간이었다.

얄궂게도 13개 전장을 통틀어 가장 서로 가까운 위치가 걸려 버린 것이다.

앞마당까지 나와 마력석 채집장을 구축하려던 이신의 노예가 그 자리에 대신 병영을 하나 더 짓기 시작했다.

그 순간부터 싸움의 템포가 급격하게 빨라졌다. 서로의 위치가 가깝다는 것을 알자 이신은 이길 수 있는 찬스를 귀신같이 포착한 것이다.

'끄응, 이렇게 재수가 없을 수도 있군.'

자리 운은 좋을 수도 나쁠 수도 있는 게 제13 전장 그레이어스였으므로, 이것도 결국 비스마르크가 감수해야 할 문제였다.

비스마르크도 드워프 총수를 더 소환하고 드워프 도끼병을 소환하기 위한 테크 트리를 올리며 곧 있을 전투에 대비했다.

이신은 대장간이 완공되자 창병과 방패병을 소환해 병력을 구성했다.

대장간에서 무기 개발까지 완료되자 승부를 볼 만한 병력이 모두 갖춰졌다.

콜럼버스와 함께 그대로 공격.

이신이 본 찬스란 바로 서로간의 고유 능력 차이였다.

이신의 회복 능력은 초반에 더욱 효과가 컸다.

반면 300마력을 투자해야 하는 비스마르크의 고유 능력은 초반에 사용하기에는 너무 부담이 컸던 것.

그런 상성의 차이는 전투의 결과로 이어졌다.

"쏴라!"

로흐샨의 유도 사격이 멋지게 먹혀들며 드워프 총수를 한 명씩 일점사로 즉사시켰다.

상대의 사거리를 아슬아슬하게 넘나들며 기민하게 싸우는 이신의 병력들.

뒤에서는 콜럼버스에게 빙의한 이신이 다친 병사를 회복시켜 주었다.

계속 원거리 공격으로 치고받으며 비스마르크에게 상처를 입힌 이신.

그러면서 계속 기회를 보다가 마침내 이신이 거칠게 치고 들어갔다.

돌격 대장은 이존효였다.

[계약자 이신의 사도 중급 악마 이존효가 능력 광기를 사용합니다.]

[주변 아군이 광기에 휩싸여 공격력이 크게 강화되었습니다.]

광기를 터뜨리며 선두에서 돌격하는 이존효.

거기에 이신의 회복 능력이 이존효 한 사람에게 집중되어서 시너지를 더했다.

칼 타이밍의 회복 지원을 받은 이존효는 적의 공격이 집중되어도 겁먹지 않고 달려가 혼천절을 휘둘렀다.

적진 한복판에서 길길이 날뛰는 이존효.

로흐산도 유도 사격으로 이존효를 치려고 덤비는 드워프 도끼병을 계속 끊어주었다.

전술과 용병술에서 이신은 비스마르크를 압도하고 있었다. 심지어 고유 능력의 상성에서도 이신이 유리할 수밖에 없었다.

애당초 비스마르크의 계약자로서의 강점은 큰 전략적 밑그림을 기반으로 한 장기전에 있었디.

다만 이신이 비스마르크가 자기 장점을 발휘할 수 있는 싸움을 철저히 해주지 않았을 뿐이었다.

결국⋯⋯.

[악마군주 보티스 님의 계약자 오토 폰 비스마르크 님께서 패배를 선언하셨습니다. 악마군주 그레모리 님의 승리입니다.]

[악마군주 그레모리 님께서 마력 5만을 획득하셨습니다.]

[마력 총량 1,784,710으로 악마군주 그레모리 님께서 서열 17위가 되셨습니다.]

[마력 총량 1,713,190으로 악마군주 보티스 님께서 서열 18위가

되셨습니다.]

　기어코 이신은 그레모리를 단번에 17위까지 도약시켰다.

　나름대로 기대를 걸었던 승부수가 최악으로 끝나자 비스마르크는 당연히 속이 편치 못한 표정이었다.

　"이거야 고개도 들 수 없는 대패로군."

　아무것도 해보지 못하고 당했으니 할 말이 있을 리 없었다.

　"운이 나쁘셨습니다."

　만약 서로 멀리 떨어진 위치였다면 상황은 어찌 될지 알 수 없었다. 발상 자체는 이신을 놀라게 할 정도였으니까.

　"운도 실력인 걸 어쩌겠나. 가까운 위치가 걸렸을 때도 대비책이 있었어야 했는데 그럴 준비를 못 한 내 한계일세."

　워낙 대비할 시간을 주지 않고 이신이 19위에서 치고 올라와 도전한 터라, 비스마르크로서는 충분한 여유가 없었다.

　"한 번 더 하시겠습니까? 13전장으로 골라 드리죠."

　이신이 제안했다.

　사실 비스마르크의 의도대로 되었다면 어떤 싸움이 되었을지 이신도 궁금했다.

　하지만 그렇듯 더 싸우고 싶어 하는 의욕 만만한 이신의 태도는 비스마르크를 더 질리게 했다.

　"됐네. 사기가 높은 적과 싸우는 건 미련한 짓이지. 게다가 지금 19위와의 마력 차이가 1만도 되지 않아서 위태롭네. 한

번 더 지면 꼼짝없이 19위로 추락하는데, 20위에 있는 피로스는 나로서는 최악의 상대야."

그 설명에 이신도 납득했다.

듣고 보니 현명한 판단이었다.

계약자들의 고유 능력의 상성은 오묘했다.

피로스로서는 자신의 앞을 막고 있는 사람이 블라드 드라쿨레아인 게 불운이었다.

건축물 주변에 있는 적의 이동 속도를 감소시키니, 발 빠른 기동전을 구사하는 피로스에게 카운터나 다름없었다.

하지만 비스마르크에게는 초반부터 빠른 공세를 펼치는 피로스가 천적이었다. 그리고 거꾸로 블라드에게는 강한 모습을 보이고 있었다.

이렇듯 세 사람이 서로 가위바위보 같은 상성을 지니고 있으니 균형이 맞아떨어져서 순위가 유지되고 있는 것이었다.

'지금의 균형이 무너지면 걷잡을 수 없이 순위가 추락할 수도 있지.'

피로스의 바로 아래에 있는 전단도 비스마르크에게는 쉽지 않은 상대였다.

이신을 그냥 보내 버리고 당장 블라드 드라쿨레아의 도전을 물리칠 궁리를 하는 편이 비스마르크에게는 가장 좋은 선택지였다.

"어쨌건 자네가 어디까지 갈 수 있을지는 기대가 되는군. 모델 그 친구도 잔뜩 벼르고 있다네.”

이신도 발터 모델이 기다리고 있는 12위까지 하루빨리 가고 싶기는 마찬가지였다.

아무튼 서열전은 그렇게 마무리되었다.

내친김에 16위도 한번 가볼까 싶은 충동은 들었지만, 아무런 준비 없이 무작정 도전하는 건 이신의 취향이 아니라서 관두었다.

대신 이번 서열전 승리로 이신도 마력이 추가로 늘어났기 때문에, 질 드 레에 이어 권속 한 명을 더 상급 악마로 만들기로 했다.

'순서대로 가는 게 낫겠군.'

이신은 콜럼버스에게 2만 마력을 주었다.

[계약자 이신 님의 마력 20,000이 사도 콜럼버스에게 전달됩니다.]

[마력: 49,154/49,154]

[사도 콜럼버스가 상급 악마가 되었습니다.]

[크리스토퍼 콜럼버스(휴먼, 노예)

무기: 마비침(적을 1초간 마비, 총 5발)

방어구: 가죽 부츠(이동 속도 +5%)

능력: 빙의, 블링크(10미터 범위 내에서 순간이동을 합니다. 180초에 1회씩 사용 가능하며, 3초 이내에 재사

용 시 이전 위치로 되돌아갑니다.)]

상급 악마가 되자 콜럼버스의 블링크 능력이 변했다. 사용
대기 시간이 300초에서 180초, 즉 5분에서 3분으로 줄어든
것이다.

'나쁘지는 않지만 크게 좋지도 않군.'

어차피 5분에 1번 썼을 때도 충분히 쓸 만했던 능력이었다.
그게 3분으로 줄었다고 해서 딱히 더 엄청난 활용도가 생기지
는 않았다.

다만 상급 악마가 되면서 콜럼버스도 육체가 강화되었다.

모의전으로 시험해 보니 이동 속도는 그대로지만 민첩성과
체력이 더 늘었다.

쉽게 말하자면 적의 공격에 더 빨리 반응하고 움직이게 되
었고, 맷집도 강화된 것이다.

'생존율이 늘었군.'

차라리 이 부분이 더 마음에 들었다.

콜럼버스는 워낙 맡은 역할이 막중해서 어떻게든 생존시켜
야 하는 사도였기 때문이다.

그만큼 초반에 콜럼버스의 목숨을 노리는 경우도 빈번해져
서, 콜럼버스를 상급 악마로 만든 건 좋은 선택으로 보였다.

모의전이 끝나고서 블라드 드라쿨레아를 만났다.

비스마르크에 대한 정보를 제공해 준 대가로, 이신도 블라

드에게 조언을 해주기로 했기 때문이다.

조언이라기보다는 비스마르크를 어떻게 이겼는지를 설명해주었다. 블라드도 상위권의 계약자인 만큼, 이신이 딱히 뭐라고 가르침을 내릴 상대는 아니었다.

그것으로 충분했다.

"그래, 근접전 위주로 한번 전략을 짜봐야겠군. 드워프 도끼병을 써서 대포가 쌓이기 전에 일찍 승부를 보는 것도 나쁘지 않겠어."

블라드는 비스마르크를 무릎 꿇릴 실마리를 얻었다.

물론 그게 통할지는 실전에서 싸워봐야 알 일이지만 말이다.

그것으로 마계의 일은 일단락되었고, 이신은 현실 세계로 돌아왔다.

*　　　　　*　　　　　*

현실에 돌아와서도 이신의 승승장구는 계속되었다.

마계를 다녀왔지만 감은 조금도 무뎌지지 않았다.

상대 종족을 가리지 않고 승리.

가끔 이신을 위협하는 좋은 플레이를 하는 선수도 있었지만, 시간이 흐르고 보면 어느새 이신이 역전을 해 있는 상황이 만들어졌다.

그렇듯 압도적인 이신의 모습에 전 세계 네티즌들은 입을 모아 말했다.

　—카이저가 더 강해졌어.

　—컨트롤이 아니라 운영에서 슈퍼 플레이를 하고 있는 느낌이랄
까? 훨씬 고차원적인 수준 높은 운영을 하고 있어.

　—안 그래도 강했는데 이제 뭘 어쩌라는 거지?

　—카이저는 늙지 않는 걸까? 그러고 보니 외모도 변함이 없지?

　—그는 뱀파이어일 거야. 악마가 씐 게 아닌지 한번 의심해 봐야
해.

　—도핑 아냐? ㅋㅋ

　—간단한 이야기야. 아슬아슬한 플레이를 곧잘 하는 카이저가 안
전하게 플레이하면 이 정도라는 거지.

　그런데 그렇듯 이신의 연승이 이어지자 서서히 나오기 시작
한 의견이 있었다.

　재미없다는 것.

　처음에는 누가 과연 이신을 꺾을 수 있을까 하는 기대로 보
았는데, 아무도 이신에게 1패를 선물하지 못하니 실망감이 든
것이다.

　그리고는 결국 이신이 이기는 뻔한 결과가 나오니 보는 입
장에서 긴장감이 들지 않는 것.

　SC스타즈의 팬들은 그저 좋아했지만, 다른 팀의 팬들은 불

만이 찬 반응을 내보였다.

거액을 주고 용병을 데려온 왕춘 감독을 비난하기도 했다.

하지만 그렇다고 왕춘 감독은 이신을 출전 명단에서 뺄 수 없었다.

적수가 없는 이신의 전승 행진에 대한 불만과 달리, 이신이 출전한 경기는 엄청난 매출을 부르고 있었다.

이신은 그 자체로 전 세계의 팬을 불러 모으는 파워 콘텐츠였기 때문이다.

'이러면 곤란한데.'

왕춘 감독은 내심 당혹했다.

최강의 팀을 만들기 위해 이신과 박영호를 데려오긴 했는데, 이신의 실력이 예상보다 훨씬 뛰어났던 것이다.

승률이 못해도 8할 이상일 거라고는 예상했지만, 설마하니 중국 리그의 연승 행진 기록을 모조리 갈아치울 줄은 몰랐다.

SC스타즈의 독주에 대한 비판까지 나오는 실정이니, 왕춘 감독은 세계 최고의 팀을 완성시키기 위한 화룡정점을 찍을 엄두를 내지 못했다.

'돌아오는 이적 시즌에 한국에서 장양을 데려오려 했는데……'

지우펑, 리우, 이신, 박영호 그리고 장양.

바로 이신의 제자이자 중국이 낳은 천재 소년인 장양이 바로 왕춘 감독의 마지막 목표였다.

그런데 분위기로 보면 SC스타즈가 장양까지 데려올 시 비난이 쏟아질 태세였다.

제2장

이변

SC스타즈에 실전 연습실이라 불리는 곳이 따로 존재한다.

경기장처럼 꾸며놓은 곳인데, 부스 2개가 있고 두 선수의 게임을 보여주는 빔 프로젝터와 대형 스크린도 있다.

스크린을 볼 수 있는 위치에는 좌석이 많이 있어서 선수들과 코칭스태프가 관객처럼 앉아서 지켜본다.

경기장처럼 긴장감을 줄 수 있도록 꾸며진 이 실전 연습실은 선수들에게 현장감을 주기 위한 목적으로 마련되었다.

소위 '연습실의 카이저'라 불리는 선수들이 있었다.

연습할 때는 날아다니는데, 경기에 출전만 했다 하면 긴장 때문에 제 실력을 발휘하지 못하는 선수들 말이다.

사실 그런 프로게이머는 수없이 많았다.

연습 때 실력만 발휘해도 우승컵 하나 들 수 있는 선수가 수두룩하다고 이야기한다.

하지만 그런 실력을 수많은 관객이 지켜보는 경기장에서 상대 선수와 생사의 결투를 치르는 중압감을 견디며 펼칠 수 있느냐가 문제였다.

심지어 왕춘 감독은 이 실전 연습실에 더 긴장감을 갖고 임하도록 했다.

바로 팀 내전.

팀 내에서 실력으로 서열을 갈라 주전을 가르는 장소로 이곳을 택한 것이다.

선수들이 갖는 중압감은 경기장과 비슷했다.

왕춘 감독을 비롯한 코칭스태프와 전략 팀의 연구원들까지 착석해서 평가할 준비를 하고 있었다.

그 날카로운 시선을 받으며 내전이 시작되었다.

그리고 심지어 첫 번째 대결은 이신과 박영호였다.

순서도 왕춘 감독이 정했는데, 초일류의 플레이를 먼저 보여줘서 그 뒤에 순서를 기다리는 선수들에게 부담감을 가중시키는 의도였다.

앞에 두 사람이 저런 플레이를 보여줬는데 그 뒤에 너희가 개판으로 플레이하면 어떨까?

그런 긴장감을 이겨내는 것까지도 선수의 덕목임을 계속 강조하는 자리라는 뜻이었다.

요즘 들어 최고조인 이신.

박영호도 그런 이신을 이기겠다고 이날을 위해 잔뜩 벼르고 갈고닦았다.

그것을 이번 게임에서 톡톡히 보여주었다.

―쐐애액!

―퍼엉!

―쐐애애액!

―퍼엉!

쐐기충 편대가 휘젓고 다니며 이신의 앞마당을 공략했다.

충분한 디펜스가 되어 있음에도 외곽부터 차근차근 깨부수는 박영호의 쐐기충 컨트롤.

마치 이신의 스텔스 전투기 컨트롤이 괴물에게 고통을 주었던 것과 같았다.

최근 이신에게 연습에서 지는 일이 더 많아진 후로 박영호는 깊이 고민했다.

무엇이 부족한가?

그저 태생적인 종족의 상성이라는 한계 때문인가?

하지만 박영호는 이신을 꺾고 싶었다.

기필코 이 세상에서 가장 강한 일인자가 되고 싶었다.

터무니없는 목표였지만 이미 목전까지 도달하여 한 사람만 앞에 둔 박영호에게는 그리 허황된 꿈이 아니었다.

그렇게 고민을 거듭하다가 박영호가 내린 결론은 하나였다.

'괴물은 결국 쐐기충이야.'

인류를 상대하는 괴물은 괴물을 상대해야 하는 신족만큼 절망하지는 않는다.

아무리 뛰어난 인류 플레이어를 상대로 만났어도, 기본적으로 한 가지 희망은 품는다.

쐐기충 컨트롤이 기막히게 잘돼서 큰 피해를 입혀놓으면 된다. 그러면 이길 수 있다.

다른 특별한 전략을 쓰기도 하지만, 괴물 대 인류전의 근간은 바로 쐐기충.

박영호는 쐐기충 컨트롤 실력을 더 갈고닦았다.

팀 내에서는 물론이고 온라인에서도 인류 플레이어만 찾아다니며 그것만 연습했다.

그 결과가 바로 이것.

―쐐애액!

―퍼어엉!

대공포를 부순 쐐기충 편대가 그 자리에서 계속 쐐기를 쏴서 건설로봇을 하나둘 박살 냈다.

보병들이 각성제를 흡입하고 달려들자 재빨리 후퇴시켰다.

계속 쐐기충의 체력을 아끼면서 야금야금 이신에게 대미지를 중첩시켰다.

물론 그 정도로 이신이 허둥지둥하지는 않았다.

이미 입은 피해는 피해고, 어쨌거나 병력이 충분히 구성되자 밖으로 진출했다.

쐐기충 편대는 계속 쫓아와서 보병을 하나씩 커트시켰다.

'컨트롤이 더 날카로워졌군.'

플레이하면서 이신은 생각했다.

공격력 1 업그레이드도 된 마당이라 이 타이밍의 쐐기충은 더 위험해진다.

보병들의 총탄 세례에 제대로 긁히기만 해도 삽시간에 망하는 거다. 그럼에도 불구하고 달려들어서 보병 숫자를 줄여야 한다.

그 아슬아슬한 선을 전보다 더 잘 지키고 있었다.

쐐기충을 지킬 수 있는 안전한 선을 교묘하게 넘지 않으면서 계속 쐐기를 쏜다.

그렇게 느끼는 건 상대하는 이신뿐만이 아니었다.

"컨트롤 좋은데?"

"계속 저것만 연습하더니……."

"정말 탁월하군."

부스 바깥의 선수들과 코칭스태프도 칭찬을 했다.

오늘따라 컨디션이 좋은 건지, 평소 연습의 성과가 나타난 것인지, 아니면 두 가지가 모두 합쳐진 것인지도 몰랐다.

박영호는 진출한 이신의 병력에 맞서 촉수충과 바퀴 떼를 이끌고 요격에 나섰다.

일벌레를 더 생산할 자원으로 뽑은 병력.

박영호는 이신에게 주도권을 내주지 않겠다는 확고한 의지를 보였다.

주도권이란 상대로 하여금 어쩔 수 없이 의도대로 따르게 만드는 힘이었다.

난 이쪽을 공격하겠다.

그러니 넌 여길 막으러 와라.

그런 주도권을 이신에게 내주면 박영호는 계속 그의 의도에 끌려다닐 수밖에 없게 된다.

이신은 분명 그 주도권을 최대한 활용해 자신이 우세한 국면을 만들 것이 틀림없었다.

최근 들어 마강해진 이신을 집하고 내린 결론이었다.

"카이저가 무언가를 할 틈을 주지 않겠다는 의도로 보입니다."

연구원의 말에 왕춘 감독이 고개를 끄덕이며 대꾸했다.

"주도권을 주기 싫은 거야. 주도권을 내주면 카이저가 또 어떻게 상황을 만들어놓을지 알 수 없어 불안한 거야."

"예, 요즘 들어 카이저는 그런 운영의 묘를 살리는 쪽으로 콘셉트를 잡은 것 같죠."

"운영의 묘라……. 그래, 그 표현이 정확하군."

왕춘 감독이 계속 말했다.

"상대를 확실히 궁지에 몰아넣을 수 있는 큰 그림을 그리는

데 능해졌지. 카이저가 움직일 때 거기에 잘 대응했다고 생각했는데, 나중에 보면 이미 그 큰 그림 안에 빠져 있지. 결국 장단 맞춰서 같이 그림을 그려주었다는 걸 상대는 눈치 못 챈 거지."

"바둑 기사 같군요. 보통은 그렇게 큰 시야로 게임을 보지 못하죠. 다들 어리기도 하고요."

"컨트롤에, 생산에, 전투에, 눈앞에 주어진 과제도 급급하니까. 보다 연륜이 쌓이면 그보다 더 큰 테두리가 보이지만, 그땐 이미 전성기가 한참 지난 나이가 되어 있지."

그렇게 말하면서 왕춘 감독은 쓴웃음을 지었다.

사실 그런 점이 가장 안타까웠다.

늦은 나이에 자신을 빠져들게 만들었던 이 e스포츠에, 실시간 전략 시뮬레이션에 대한 안타까움이었다.

이 아이들에게 보다 긴 선수 생명이 주어졌다면 얼마나 좋을까?

그러면 경험이 쌓이고 쌓여서 자신만의 철학도 생기고 플레이에 깊이가 더해질 터이다.

그래서 인터페이스가 전보다 간편해진 SC의 업데이트 방향에 대해 왕춘 감독은 찬성하는 편이었다. 그리고 그 수혜를 입은 사람이 눈앞에 있다.

'정말 훌륭한 선수다.'

피지컬과 연륜의 균형점에 서 있는 지금의 카이저는 왕춘 감독의 개인적인 생각으로는 최고의 경지였다.

어린 선수들이 이해하지 못하는 큰 그림을 그려서 승리하는 방법을 터득해냈다.

그러니 다른 팀에서는 왜 졌는지 그 원인도 모르는 수밖에.

'러너의 대응도 훌륭하군. 거칠지만 확실한 대책을 가져왔어.'

러너는 아예 큰 그림을 그릴 기회를 주지 않기로 작정한 듯했다.

요격하러 나온 괴물 병력이 이신으로 하여금 원하는 곳을 공격할 수 없게 만들었다.

물론 이신은 그 적 병력도 감안한 새로운 그림을 그릴 테지만, 무엇보다 박영호는 바퀴 떼를 보여주지 않고 맵을 크게 우회시켜 이신의 배후로 향하게 하고 있었다.

그림에 포함되지 않은 변수.

저걸 모르면 지는 건 카이저다.

그리고 다음 순간,

"아!"

"저렇게 되네!"

모두들 감탄했다.

이신은 기동포탑을 건너뛰고 고속전차를 먼저 생산했다.

스피드 업그레이드가 된 고속전차는 맵을 우회하다가 바퀴 떼와 마주쳤다.

바퀴 떼로 퇴로를 차단해 놓고 포위 섬멸할 의도를 알아챈 이신은 바로 병력을 뺐다.

박영호가 계속 상대 병력을 싸먹기 위해 공격적으로 움직였으나, 이신은 계속 거리를 두며 빈틈을 주지 않았다.

"운이 좋은 게 아닙니다. 혹시나 하는 위험을 확인하기 위해 일부러 저렇게 우회해서 움직였습니다."

연구원이 말했다.

왕춘 감독도 동의했다.

"큰 그림을 그리게 된 만큼 더 많은 부분을 살피게 되었어."

"고속전차부터 간 것도 상황이 그리 좋지 않다는 걸 알고 더 빨리 기갑체제로 전환하기 위함입니다."

박영호의 쐐기충이 생각보다 더 시간을 잘 끌어줬다.

이신도 제때 병력을 내보내 압박에 나섰지만, 딱히 뚜렷한 피해를 주기는 힘들다고 판단이 선 상황.

때문에 기갑체제로 전환한 뒤, 좀 더 싸움을 길게 보기로 한 것이다.

지뢰 개발도 완료.

고속전차들이 곳곳에 매설하는 지뢰들이 이신이 그리는 큰 그림을 알려주었다.

타 스타팅 포인트까지 먹고서 맵을 반씩 양분하려는 물밑 작업이 벌써부터 시작되고 있었다.

"여기서 박영호가 정신 차리지 못하면 삽시간에 이신이 맵의 절반을 차지하고 성세(成勢)를 이룬다."

박영호는 이신이 큰 그림을 그리게 가만 놔두지 않았다.

독침충을 대량으로 뽑아서 당장 승부를 짓겠다고 나섰다.

이신이 체제 전환을 하느라 잠시 약해진 틈을 놓치지 않겠다는 의도.

이신도 지뢰를 계속 깔고 기동포탑도 모았지만, 박영호는 괴물주술사의 흑안개와 대량의 독침충으로 맹공에 나섰다.

거기다가…….

"오오!"

"폭격충이다!"

"저런 조합이라니!"

폭격충은 비행 유닛인 쐐기충이 진화한 최종적인 형태였다.

쐐기충이 쏘던 쐐기가 더 크고 강력해지지만, 이동 속도가 느려지고 공대지 공격만 가능해서 장점보다 단점이 더 많은 비행 유닛이었다.

자원을 투자하여 생산한 보람을 느끼지 못해서 폭격충 뽑으면 필패라는 격언이 나돌 정도.

놀랍게도 박영호는 독침충과 폭격충이라는 조합으로 맹렬한 돌진을 개시했다.

폭격충이 앞장서서 기동포탑을 쏴 잡으며 길을 열어준다.

괴물주술사가 흑안개를 열어 길을 구축한다.

그리고 독침충들이 해일처럼 뒤따르며 인류의 진영을 파괴했다.

그 와중에 폭탄충들이 이리저리 선회 비행하며 전술위성을 격추시킬 기회만 노렸다.

그 결과……

—Kaiser: GG.

"아자!"

박영호가 부스에서 뛰쳐나오며 소리쳤다.

반대편 부스에서 이신이 나오자 엄지를 아래로 향하며 도발까지 한다.

이신은 쓴웃음을 짓더니 한숨을 쉬며 고개를 절레절레 저었다.

"역시 카이저의 라이벌답군."

왕춘 감독을 비롯한 코칭스태프도 흐뭇하게 두 사람을 바라보았다. 비싸게 데려온 두 사람이 보다 발전된 역량을 뽐내니 좋지 않을 수가 없었다.

그런데 그 기쁨을 뭉개 버리는 이변이 곧이어 벌어졌다.

"내 눈이 의심스럽군."

왕춘 감독이 중얼거렸다.

"징조는 최근 리플레이를 통해 느끼긴 했습니다만……"

"실전에서는 연습 때와 전혀 다른 모습을 보여주기 때문에 잘 파악하기 힘든 유형이긴 했지만요."

"설마 리우가 저렇게……"

왕춘 감독이 신음처럼 내뱉었다.

"저렇게 범용한 선수였던가."

그랬다.

리우는 인류를 상대로 무난하게 지는 중이었다.

불리한 상황이라 견제를 해보지만, 맥락이 없는 단순한 기습이었던 터라 금방 진압당했다.

몇 수 앞을 보지 않고 그냥 두는 바둑의 한 수, 혹은 눈속임 없는 마술과 같았다.

상대의 허를 찔러 절묘한 플레이를 해내던 평소의 모습은 없었다.

아니, 평소가 아니라 예전이라고 해야 할지도 몰랐다.

최근의 리우는 예전 같은 재기발랄함을 찾아볼 수 없었다.

그래도 실전에서는 잘해주겠지 싶었지만, 이미 리우는 프로리그에서도 최근에 2연패를 했다.

그쯤 되면 운이 나빴다 해도 이제 슬슬 정신 차렸겠지 싶었지만, 오산이었다.

지금, 팀 내전에서도 리우는 형편없었다. 아니, 객관적으로 아직 SC스타즈의 1군으로 붙어 있을 실력이니 형편없다는 표현은 너무 가혹하리라.

하지만 결론적으로 리우의 최종 순위는 7위였다.

당연히 5인의 주전 엔트리에는 들지 못하는 실력이었다.

자신의 결과를 보며 리우도 얼굴을 붉혔다. 스스로도 굉장히 화가 난 표정이었다.

"대체 문제가 뭐지?"

"피지컬인가?"

"공격에서도 날카로움이 사라졌습니다."

"판단 자체는 정확한 편이었는데……."

왕춘 감독과 코칭스태프 그리고 전략 팀 연구원들이 머리를 맞대고 고민에 잠겼다.

왕춘 감독은 같이 지켜보았던 이신에게 물었다.

"리우의 문제가 뭐 같습니까?"

이신도 이번 팀 내전에서 리우와 싸웠고 꺾어보았기에 묻는 것이었다.

"일단 패턴이 정형화됐습니다. 늘 했던 플레이 패턴에서 벗어나지 않아서 뭘 할지 쉽게 알 수 있었습니다."

"그리고?"

"디테일이 무너졌습니다."

"예?"

추상적인 말이라 왕춘 감독이 얼른 이해를 못 하고 다시 물었다.

이신은 더 쉽고 직관적으로 답했다.

"게을러서 대충했습니다."

"게을러서……?"

"손이 많이 가는 까다로운 플레이를 피하고, 다소 위험을 감수해야 하는 난도 높은 플레이도 꺼리고, 어렵게 2중 3중으로 생각하기도 귀찮아했습니다. 그럼 저렇게 됩니다."

"그건 다시 마음먹고 제대로 하면……."

"그게 계속되면 그대로 실력으로 굳어집니다."

왕춘 감독과 코칭스태프에게 무거운 침묵이 내려앉았다.

그들로서는 충격이었다.

리우의 게으른 천성은 알고 있었다.

하지만 그럼에도 불구하고 탁월한 재능으로 재기발랄한 플레이를 곧잘 펼쳐 팀과 팬들에게 사랑받았다. 유쾌한 성격과 어우러져 인기로 따지면 명성 높은 지우펑과 비슷할 정도.

지난 시즌까지만 해도 분명 SC스타즈의 새로운 신성으로 추앙받은 인기 스타였다.

"옛날에 몸담았던 팀에서 많이 봤습니다, 저런 유형. 감독님 입장에서는 많이 낯설 수 있겠군요."

그 말을 남기고 이신은 자리에서 일어섰다.

박영호와 함께 실전 연습실을 떠나면서 '이제 내가 일인자다', '다음번엔 확실히 로켓 프리깃으로 쐐기충을 잡아서 그런 오해를 하지 않게 해주지' 등의 잡담을 나눴다.

왕춘 감독은 표정이 좋지 않았다.

'카이저의 옛날 팀이라면…….'

연봉도 제대로 주지 않아 법정까지 갔던 그 막장 팀이었다.

막장 팀에는 막장 팀에 어울리는 막장 선수들이 필히 있다.

당연히 왕춘 감독으로서는 낯설 수밖에 없었다. 팀이나 선수들을 그렇게 막장으로 만들어본 적이 없으니까.

*   *   *

결국 다음 경기에서 리우는 출전하지 못했다. 그리고 4인 에이스 체제에서 1인이 빠져 버린 SC스타즈는 2—3으로 프로리그 첫 패배를 기록했다.

주요 원인은 지우펑이 독감에 걸려 앓아누운 것이었다.

'손쓸 겨를도 없군.'

박영호라면 늘 같이 다니므로 이신의 능력으로 회복시켜 줄 수 있는데, 숙소에서 지내는 지우펑은 어쩔 수 없었다.

이미 병원에서 진단까지 받았고 휴식을 취하고 있으니, 이신이 회복을 걸어서 갑자기 완쾌시켜 줄 수도 없었다. 그랬다간 이신의 능력이 밝혀지니 말이다.

이신과 박영호는 이번에도 제몫을 다해서 2승을 챙겨줬지만, 나머지 세 선수가 모두 패배하는 불상사를 겪었다.

운도 없었고 리우의 추락과 지우펑의 건강 문제 등으로 팀의 사기가 저하된 게 컸다.

이전까지 보여주었던 SC스타즈의 무패 행진에 갑자기 찬물이 끼얹어진 셈이었다.

그 탓에 출전하지 않은 리우의 부진설이 본격적으로 대두되었고, 왕춘 감독은 그런 리우의 케어에 최선을 다했다.

하지만 리우의 경기력은 나아질 기미가 보이지 않았다. 멘탈의 문제였기 때문에 억지로 훈련을 강요한다고 나아지는 문제가 아니었다.

'본인 스스로 경각심을 갖고 나아지려고 노력한다면 모를까.'

가슴속 깊은 곳에 있는 진심은 스스로도 컨트롤을 못 할 때가 많다.

부진이 가시화되자 리우도 마음 잡고 노력하는 시늉을 했지만, 자기 진심 앞에서 거짓말을 할 수는 없는 거였다.

리우는 지쳐 있었다.

늘 뺀질거리며 딴짓을 할 궁리만 하지만, 결국 게임에 임했을 때의 집중력과 감각은 남보다 뛰어났기에 잘할 수 있었으리라.

이제 지쳐서 그러기가 쉽지 않은 것이다.

지우펑의 복귀는 꽤 시간이 걸렸고, 복귀한 뒤에도 한동안은 컨디션이 좋지 않았다.

승리와 패배를 왔다 갔다 하자 굳건히 지키고 있던 1위 자리가 서서히 위태로워지기 시작했다.

너무 독주한다고 비판까지 받던 SC스타즈가 갑자기 흔들리는 모습에 업계에서는 다들 어안이 벙벙해진 눈치였다.

팀의 불화설이 돌았고, 심지어 이신과 박영호가 팀 내의 중국 선수들과 갈등을 일으키고 있다는 헛소문까지 생겼다.

"이렇게 불운이 겹치는군. 살다 보면 이런 때도 있지."

왕춘 감독의 말에 선수들은 고개를 숙였다.

리우는 정말로 할 말이 없는 표정이었고, 리우와 지우펑 대신 주전으로 출전했던 선수들도 괴롭기는 마찬가지였다.

이길 때도 있고 질 때도 있지만, 하필이면 자신들이 팀의 두 에이스 대신 출전하자마자 '패배할 때'가 먼저 찾아왔으니 말이다.

왕춘 감독은 뜻밖에도 질책 대신 웃으며 말했다.

"뭐, 별수 있나. 그냥 좀 투덜거리다가 다시 일어서는 수밖에. 리우!"

"예!"

리우가 떨떠름한 표정으로 대답했다.

"게임이 재미없니?"

"프로게이머 중에 게임에 안 질린 사람이 어디 있겠어요?"

천연덕스럽게 대꾸하는 게 리우다웠다.

"프로게이머가 된 걸 후회하니?"

"아뇨."

"만약 이것 말고 네가 성공할 수 있는 다른 길이 있었다고 생각하니?"

"글쎄요, 아마 없겠죠."

"이 길을 그만 걷고 다른 진로를 알아본다면 성공할 수 있다는 비전을 따로 가지고 있니?"

"…아뇨."

"그럼 됐다. 난 네가 금방 다시 네 본연의 모습을 되찾으리라 믿는다."

"노력하겠습니다."

그렇게 리우에 대한 일은 일단락 지었다.

왕춘 감독은 계속 말했다.

"다음 상대는 알다시피 상하이 게이밍이다."

중국 리그의 양대 산맥이라 할 수 있는 그들의 라이벌이었다.

"그들은 최근 들어 다시 우리의 라이벌 행세를 하고 싶은 모양인지 잔뜩 벼르고 있다."

상하이 게이밍은 개막 첫날 대패를 당했지만 시즌 내내 열심히 승점을 챙기며 2위로 달리고 있었다.

승점 차이도 SC스타즈와 그리 차이가 많이 나지 않았다.

SC스타즈가 워낙 3-0이라는 압도적인 스코어로 허다하게 이겼을 뿐, 상하이 게이밍도 3-1이든 3-2든 이겨가며 승점을 챙긴 건 마찬가지였다.

"반대로, 우리는 부진을 털고 다시 도약할 수 있는 좋은 계기를 만나게 된 셈이다."

왕춘 감독은 대형 스크린을 가리켰다.

거기에 상하이 게이밍 선수들의 플레이가 나오고 있었다.

"저놈들을 잡고 우리가 최고라는 걸 다시 입증한다."

"옛!"

*   *   *

경기장에 관객들이 금세 가득 차버렸다.

SC스타즈 대 상하이 게이밍.

최근 흔들리는 모습을 보이는 SC스타즈지만 여전히 이신이라는 강력한 흥행 카드가 있어서 팬들을 경기장에 불러 모았다.

게다가 상하이 게이밍이 1위 자리를 되찾을 수 있는 중요한 경기였기에 상하이 게이밍을 응원하는 팬들 역시 모여들었다.

티켓이 삽시간에 다 팔려 버렸다.

실시간 스트리밍으로 경기를 중계하는 온라인 경기장도 접속자 숫자가 미친 듯이 올라갔다.

어마어마한 흥행이었다.

"숫자 봐라."

박영호가 혀를 내두르며 관객들을 둘러보았다.

"이 동네는 정말 장사가 호황임. 후덜덜하네여."

"이상한 말투 관두지."

"어허, 팀 서열 1위인 이 몸께서 무슨 말투를 쓰든 무슨 상관임?"

"역시 로켓 프리깃을 썼어야 했군."

이신은 이를 갈았다.

로켓 프리깃으로 대공방어를 했으면 박영호와 쐐기충이 그렇게 활약하지 못했을 터였다.

평소답지 않게 안정적인 스타일을 구사하려다가 된통 당한 셈이었다.

"그럼 또 내가 폭탄충으로 기막히게 격추시켰겠죠."

심히 잘난 체를 하며 그동안의 한풀이를 하는 박영호.

결국 이신은 최후의 수단을 썼다.

"금메달도 없는 놈이."

"헐?!"

"내가 없을 때도 못 따, 내가 아팠을 때도 못 따……. 그냥 내가 하나 주랴?"

"방금 내 역린을 건드린 거임?!"

그랑프리 결승전 당시 이신이 실신했던 사건은 아직도 회자된다.

그런 최악의 컨디션임에도 불구하고 박영호를 이겼다며, 정상 컨디션이었다면 3-0 셧아웃이었을 거라고 일부 팬들이 말했다.

그 떡밥은 아직도 키보드 워리어들의 주요 쟁점으로 박영호를 열 받게 하는 요소였다.

"두고 보자, 한번 붙게 되면 떡실신을 시켜줄 테니까."

그렇게 둘이서 열심히 입씨름을 하다가 경기 시작 때가 되었다.

1세트, 박영호가 첫 타자로 출격하게 되었다.

마침 상대는 인류였다.

박영호는 이신에게 큰소리쳤다.

"잘 봐! 내가 어떤 놈인지 보여줄 테니까."

그리고 약 10분 뒤에 박영호는 돌아왔다.

"아, 저 치사한 것들이……."

몹시 시무룩한 모습으로.

상대는 센터 2병영 치즈러시를 택했다.

아예 뒤가 없는 배수진 같은 치즈러시로, 괴물 입장에서는 눈치 못 채면 당할 수밖에 없는 필살의 수단이었다.

먹혀들면 이렇게 박영호라는 강자에게도 1패를 안겨줄 수 있는 것이었다.

"센터 2병영은 아니잖아……."

"잘 봤다. 네가 어떤 놈인지."

이신의 짧은 위로가 더 박영호를 괴롭게 만들었다.

다행히 2세트는 SC스타즈가 승리했다.

다음 차례로 지우펑, 이신이 있었기 때문에 다소 안심이 드는 상황이었다.

그런데…….

─지우펑 선수가 바퀴 난입을 허용하고 말았습니다!

―이러면 굉장히 귀찮아지겠는데요, 지우펑 선수!

본진에 난입한 바퀴 4마리가 이리저리 왔다 갔다 하며 지우펑을 괴롭히고 있었다.

쏜살같이 도망 다니며 신도들이 자원 캐는 걸 방해하니, 신족의 입장에서는 대단히 정신 사나워지고 자원 피해도 누적된다.

물론 지우펑이 그 정도로 흔들릴 리 없었지만, 문제는 그의 컨디션이 아직 다 회복되지 않았다는 점이었다.

그것을 시작으로 지우펑의 플레이가 서서히 삐걱거리기 시작했다.

그리고 끝내,

―이게 어찌 된 일인가요!

지우펑은 3세트를 내주고 말았다.

필승카드 중 2명이 내리 패한 이변.

상하이 게이밍 측은 뜨겁게 환호하기 시작했다.

제3장

승부사

"꼭 이겨야 합니다."

보통 출전하는 선수에게 이렇듯 부담되는 이야기는 하지 않는다. 하지만 왕춘 감독은 거리낌이 없었다. 왜냐하면 상대가 이신이었으니까.

"예."

쾌히 답하며 부스로 향하는 그 모습은 담대하기 이를 데 없었다.

SC스타즈의 모든 이들은 묘한 안도감을 느꼈다.

저 뒷모습을 보노라면 도무지 지고서 돌아올 것 같지 않았기 때문이다.

그렇게 이신은 4세트에 출전했다.

"자, 승부는 이제 2 대 2 원점이다."

왕춘 감독의 농담에 코칭스태프와 선수들이 웃었다.

"승부는 5세트에서 판가름 난다."

그 말에 한 선수의 어깨가 더 무거워진다.

누구보다도 낙천적인 성격이지만 팀의 승패를 짊어진 상황에서는 부담을 느낄 수밖에 없는 법.

"리우."

"…예."

5세트에 출전하기로 한 리우가 대답했다.

"전에 팀 크라이시스와 싸울 때도 널 5세트에 출전시켰었지."

"예."

"중요한 경기 땐 널 마지막 보루로 남겨놔야 안심이 됐거든."

"……."

왕춘 감독이 보내는 신뢰에 리우는 머릿속이 더욱 복잡해졌다.

'왜 이 중요한 시합에서 날 중용한 거야?'

더 중압감을 주면 정신 차리겠지 하는 기대인가?

아니면 자신 때문에 팀이 지면 죄책감으로 성실해지겠지 하는 심리인가?

문득 어제 왕춘 감독이 했던 말이 떠올랐다.

"난 네가 금방 다시 네 본연의 모습을 되찾으리라 믿는다."

'내 본연의 모습?'

리우는 자신의 과거를 떠올렸다.

선수 이전, 그는 본래 다양한 게임을 소재로 스트리밍 방송을 하던 BJ 출신이었다.

유쾌한 성격에 재치도 있고 게임 실력도 출중해서 아마추어치고는 상당한 인기를 모았다.

중국은 스트리밍 시장이 워낙 커서 인기 BJ가 되면 수입도 많다.

그래서 프로게이머들의 주요 부수입 중 하나가 바로 개인방송이었다.

방송이 흥행하면 수입이 많아지므로 선수 생활은 뒷전이고 개인방송에 열중하는 행태도 벌어진다.

하지만 선수로서 실력이 떨어지면 결국 방송의 인기도 하락하기 때문에 둘 사이에 균형을 맞추는 것이 중요했다.

리우는 다양한 게임을 즐겼지만, 특히나 스페이스 크래프트의 실력이 범상치 않았다.

웬만한 프로 못지않은 아마추어로 유명세를 떨쳤고, 그러다가 왕춘 감독의 러브콜을 받았다.

―다양한 게임을 두루 즐기면서도 스페이스 크래프트 실력이 프로 뺨치는 아마추어. 분명 어필할 요소가 있는 캐릭터지

만, 진짜 프로의 벽을 넘을 수는 없어.

―하지만 선수로 데뷔해서 프로리그에서 대활약을 한다면 어떨까? 지금보다 수십 배는 더 인기를 모을 거라고 장담하지.

왕춘 감독의 제안에 넘어가 리우는 SC스타즈에 가담했고, 선수로 성공적으로 데뷔했다.

왕춘 감독의 말이 옳았다.

혜성처럼 데뷔해 신인왕과 다승왕을 거머쥔 대활약을 하자 리우는 예전과는 비교도 할 수 없는 대성공을 거두었다.

줄곧 개인방송을 해왔던 기반도 있어서 그의 인기는 곧장 중국 최고 실력자인 지우펑과 견줄 정도가 되었다.

최근 들어 난생처음 부진에 빠졌을 때, 리우는 선수 생활을 때려치우고 개인방송에 집중할까 하는 생각을 했다.

그래도 충분히 먹고살 수 있었다. 지금보다 훨씬 더 편하고 말이다.

하지만…….

"이 길을 그만 걷고 다른 진로를 알아본다면 성공할 수 있다는 비전을 따로 가지고 있니?"

그런 비전은 없었다.

한창 활약하는 프로게이머는 매력적이지만, 부진 끝에 은퇴하고 방송에 전념하는 쪽은 멋없다.

선수 생활을 게을리해서 망했다는 이미지까지 첨가될 테니 더더욱.

리우는 문득 무대를 바라보았다. 부스 안에서 게임에 몰두하고 있는 이신이 보였다.

'저런 거창한 꿈까지 꾼 적은 없었는데.'

처음부터 아무런 야망이 없었던 리우였다.

이신처럼 정상에 우뚝 선 남자가 될 생각은 없었다.

그럭저럭 선수로서 제몫을 해도 충분하다고 생각했는데, 목표보다 훨씬 큰 성공을 거뒀을 뿐이다.

선수 생활은 힘들다.

다른 선수들에 비해 훨씬 쉬엄쉬엄 지낸 리우였지만, 승부는 힘들었다.

무대 위에서 적과 진검 승부를 벌이는 일은 언제나 부담되고, 그게 힘들다.

이기면 기분 째지지만, 지면 더러워지는 게 싫다.

'언제부터 이렇게 부담을 느끼게 되었지?'

원래는 안 그랬다.

지면 어때?

난 원래 딱 이 정도만 하려고 했어.

이미 난 목표를 다 이뤘어. 더 무리 안 해도 돼.

그런 여유를 갖고 경기를 했고, 때문에 중요한 경기에서도 태연할 수 있었다.

그런데 왜 최근 들어 승부에 부담을 느끼게 되었을까?

왜 이렇게 지는 게 괴로워졌을까?

ㅡ카이저는 기갑정거장까지 무난하게 테크 트리를 올리고 있습니다.

ㅡ카이저의 정찰 운이 별로 안 좋습니다. 11시, 7시를 거친 후에야 시허 선수가 있는 5시에 도달했습니다.

ㅡ거신병기가 마중 나왔죠.

리우가 복잡한 상념에 잠겨 있을 때, 4세트가 이미 시작되었다.

이신이 정찰 보낸 건설로봇이 5시에 도달했지만, 이미 시허의 거신병기가 앞마당 앞까지 나와 정찰을 차단하려고 지켜선 모습이었다.

시허는 정찰을 차단할 필요가 있었다.

왜냐하면 앞마당을 올리지 않고 참회실을 하나 더 지었기 때문이다.

인류로 따지면 2기갑을 간 거나 다름없었다.

거신병기를 보자마자 이신은 건설로봇을 재빨리 뒤로 뺐다. 그리고는 시야 밖으로 물러난 후, 빙 돌아서 측면에서 다시 파고들었다.

ㅡ카이저, 들어가려고 시도합니다.

ㅡ저건 막아야죠! 보면 안 됩니다.

본진으로 들어가려는 건설로봇.

이를 저지하기 위해 쫓아가며 빔을 쏘는 거신병기.

신도까지 나와서 본진 출입구를 가로막았다.

그런데 그 순간,

─어어어?!

순간적으로 앞마당 자원을 클릭했다가 다시 앞을 클릭하며 비비기를 시도했다.

신도와 건설로봇이 순간적으로 겹쳐지더니…….

─들어갔습니다!

─허허, 저걸 또 파고드나요. 테크닉이 대단합니다.

이신은 기어코 들어가서 시허의 본진 내부를 확인했다.

참회실이 2개 있다는 건 거신병기를 더 많이 뽑아서 초반부터 압박을 강력하게 하겠다는 뜻이었다.

이에 따라, 이신은 앞마당에 참호를 지어서 방어를 해놓기 시작했다.

'한 발 물러나서 다시 블로킹했어야지. 시허 쟤 왜 저래? 허접도 아니고.'

시허는 상하이 게이밍의 에이스급 선수 중 하나였다.

준비된 정도에 따라서는 이신도 잡아볼 수 있는 카드라는 뜻이다.

하지만 저렇게 빌드 오더가 들켜서야 소용이 없었다.

'또 이기시겠군. 무난한 대결로 가면 절대 카이저를 못 이길 테니까.'

리우는 이신을 새삼 다시 보며 한숨을 푹 내쉬었다.

어떻게 저 나이에 오히려 더 성장을 할 수 있는 걸까?

어떻게 저렇게 승부를 즐길 수 있는 걸까?

같은 인간 같지 않은 저 게임의 신을 보자면 그저 경외감만 들었다.

'나도 저렇게 정신력이 강했으면 좋겠네.'

그런 생각을 했을 때쯤이었다.

—오오!

—시허!

갑자기 돌발 변수가 터졌다.

시허가 갑자기 맵 센터에 건물을 짓기 시작한 것이다.

그 건물은 바로 로봇공학연구소.

수송기와 정찰기, 철갑충차를 생산하는 건물이다.

—이런 한 수를 숨기고 있었습니까! 이러면 정찰로 보여준 빌드는 거짓 정보입니다!

—시허 선수, 그리고 상하이 게이밍이 정말 벼르고 별렀다는 게 느껴집니다!

이신은 시허가 거신병기로 압박하면서 앞마당 확장을 따라 갈 거라고 생각했다. 그래서 앞마당에 참호를 지어 방어해 놓았다.

하지만 시허는 수송기로 병력을 실어 날라 본진까지 침투할 생각이었다. 거기다가 철갑충차까지 동원해서 마무리!

앞마당 확장도 하지 않고 곧장 끝내 버릴 참인 것!

"정말 단단히 준비를 했군."

왕춘 감독이 신음했다.

눈치 못 채면 천하의 이신도 낭패를 본다.

정찰까지 아슬아슬하게 허용하면서 본진을 일부러 보여준 시허의 속임수가 절묘하게 먹혀 들어갔다.

다수의 거신병기가 이신의 앞마당에 들이닥쳤다.

사거리 업그레이드가 된 거신병기들은 멀리서 참호를 때리기 시작했다.

이신 또한 건설로봇 여러 기를 붙여서 참호를 수리했다.

이윽고 이신 측에서 기동포탑의 포격모드 개발이 완료되었다.

포격모드로 전환한 기동포탑이 거신병기들에게 포격을 한 방 후려갈겼다.

그 순간,

―들어갑니까!

―저 기동포탑 잡히면 카이저는 정말 위기입니다!

거신병기들이 갑작스럽게 참호를 무시하고 불쑥 들어와 기동포탑을 일점사한 것.

하지만.

―카이저의 블로킹!

참호를 수리하던 건설로봇들이 거의 반사적으로 튀어나와

거신병기들을 가로막았다.

동시에 기동포탑도 포격모드를 풀고 뒤로 한 발 물러났다.

이신도 미리 낌새를 알아차리고 있었던 것이다.

결국 거신병기들은 소득 없이 참호 안에서 쏘는 보병들의 총알 세례만 맞으며 물러났다.

대신 시허도 거신병기 1기의 체력이 많이 닳았을 뿐 별달리 피해는 없었다.

리스크가 없는 선에서 한번 시도만 해보았을 뿐이었다.

그때였다.

참호에서 갑자기 보병들이 나와서 거신병기들에게 달려들었다.

정확히 체력이 많이 닳아 있던 거신병기 1기를 일점사!

—퍼엉!

그러고는 다시 잽싸게 참호 안으로 숨어버리는 보병들!

"와아아아!"

"잘한다!"

"역시!"

관객들이 박수를 치며 환호했다.

과감하게 보병을 동원해 체력이 닳아 있던 거신병기를 마무리하는 센스!

—역시 명품 디펜스입니다, 카이저.

—순간적으로 반응한 속도도 일품이고, 역시 대단합니다.

하지만 이건 시허 선수의 진짜 공격이 아닙니다. 그냥 앞마당 압박할 거라고 카이저에게 보여준 것에 불과합니다.

—거신병기 하나를 잃긴 했습니다만 카이저의 이목을 앞마당에 붙잡아놨습니다. 진짜는 이제 막 생산돼서 날아오는 수송기입니다.

수송기가 인근에 도착하자 거신병기들이 일제히 물러났다.

기동포탑의 포격을 피해 물러난 것으로 보였으나, 진실은 수송기를 탄 본진 드롭이었다.

이신의 1시 본진 구석!

수송기가 거신병기를 2기씩 태워서 실어 날랐다.

무려 6기의 거신병기가 본진에 난입하자 이신에게는 재앙이 되었다.

이신은 기동포탑 3기와 건설로봇들을 동원해 수비에 나섰다.

그리고 곧장 항공정거장 건설에 들어갔다.

시허가 철갑충차를 수송기에 태워서 올 것을 알았기 때문이다.

스텔스 전투기를 생산해서 수송기만 격추시키면 막아낼 수 있었다.

물론 지금 본진 난입한 거신병기들부터 처리해야 했지만.

진흙탕 싸움이었다.

거신병기들이 기동포탑의 포격을 피해 물러서면서 건설로

봇들을 일점사해 하나씩 잡아 이신에게 피해를 주었다.

앞마당에서도 추가 생산된 광신도들이 달려들었다.

그쪽도 건설로봇을 동원해 본진에 난입 못 하게 블로킹하고, 참호 안에서 보병들이 사격했다.

─정말 잘 막고 있습니다!

─하지만 피해가 누적되고 있죠! 잘 막고 있지만 철갑충차가 생산 완료됐습니다. 스텔스 전투기가 나오기 전까지 잘 버텨야 하는데요!

기동포탑도 2기나 잃었고, 건설로봇도 꽤 희생됐다.

시허는 집요하게 계속 병력을 뽑아 공격에 투입하면서 이신을 물어뜯었다.

마침내 철갑충차가 수송기를 타고 이신의 본진에 도착하였다.

이신의 처절한 수비력이 돋보였지만, 지금부터가 진짜 난관이었다.

'글렀지, 저건.'

리우는 속으로 중얼거렸다.

묘한 안도감이 들었다. 이신이 지면 자기 차례까지 오지 않으니까.

하지만 화면에 이신이 비춰졌을 때, 리우는 그의 얼굴에서 눈을 떼지 못했다.

새파란 눈빛.

전혀 포기한 얼굴이 아니었다.

한바탕 들이닥친 거신병기들 탓에 난장판이 된 상황에서
나타난 신족의 수송기.

그 안에 철갑충차가 타고 있음이 확실한 상황에서, 이신은
집중력을 고도로 끌어 올렸다.

이제부터 스텔스 전투기가 생산 완료되기 전까지 피해 없이
막아야 했다.

고속전차와 보병이 추가 생산되었다.

보병과 고속전차로 계속 수송기를 쫓아다녔다.

기동포탑 역시 본진 곳곳에 배치하여서 포격모드로 전환시
켰다. 철갑충차가 내리자마자 포격을 먹일 수 있도록.

시허의 철갑충차 견제 플레이가 시작되었다.

먼저 광신도가 내렸다.

─퍼엉!

포격에 얻어맞는 광신도.

광신도가 포격을 맞아주자 뒤이어 철갑충차가 내렸다.

철갑충차는 기동포탑을 향해 충격탄을 쐈다.

그대로 명중.

─펑!

기동포탑의 체력이 절반 이하로 떨어졌다. 한 대 더 맞으면
폭파된다.

광신도가 그 기동포탑을 향해 달려들자, 이신도 건설로봇 4기를 동원해 광신도를 블로킹했다.

고속전차와 보병도 합세해 광신도를 집중 공격!

—퍼엉!

—크악!

기동포탑의 2차 포격에 의해 광신도는 죽었다.

하지만 그때, 다시 수송기에 탔다가 내린 철갑충차가 충격탄을 다시 발사했다.

이번 타깃은 광신도를 에워싸느라 뭉쳐 있던 건설로봇 4기였다.

—위험합니다!

—같이 다 터지겠는……!

그 순간, 건설로봇 4기가 사방으로 뿔뿔이 흩어졌다.

—펑!

충격탄은 1기만 터뜨리는 데 그쳤다.

자칫 4기가 한꺼번에 터질 수 있는 상황. 이신은 번개처럼 건설로봇들을 흩어놓아서 1기로 피해를 줄인 것이다.

—정말 손이 빠릅니다. 지금까지 아주 침착하게 잘 막고 있어요.

하지만 기동포탑 1기는 내줄 수밖에 없었다.

수송기에 올라탄 철갑충차가 이번에는 기동포탑 코앞에서 다시 내린 것이다.

—펑!

—퍼어엉!

철갑충차도 다른 곳에서 쏜 포격을 1대 맞았지만, 기동포탑은 꼼짝없이 충격탄을 맞아 터졌다.

그 와중에 계속 쫓아다니며 수송기의 체력을 야금야금 깎아놓는 보병 1기는 시허의 심기를 불편하게 만들었다.

다시 수송기에 태워서 앞마당으로 향했다. 그리고 추가 생산된 거신병기들까지 들이닥쳐서 호응했다.

지상과 공중에서 적이 나타나자 앞마당은 삽시간에 위기에 처했다.

이신은 자원을 캐던 건설로봇들을 모조리 본진으로 피신시켰다.

본진 입구에서 다시 사투가 벌어졌다.

앞마당 참호 안에서도 보병들이 총을 쏘고, 본진 안에서 기동포탑이 포격을 쐈지만, 거신병기들은 그냥 무시하고 덤벼들었다.

철갑충차도 함께 호응하여 충격탄을 발사!

—퍼어엉!

아까운 기동포탑 또 1기가 터져 나갔다.

시허도 거신병기 2기가 당했지만 전혀 개의치 않은 듯했다.

시허도 앞마당 확장도 하지 않고 공격을 퍼붓는 상황. 나름 사활을 걸었기 때문에 악착같이 덤비는 것이었다.

그때 지뢰 개발이 완료되었다는 반가운 메시지가 들렸다.

뽑아놓았던 고속전차가 지뢰를 곳곳에 매설했다.

새로 생산된 기동포탑도 건물 뒤에 배치했다.

끝내 막아보겠다는 이신의 독한 투지였다.

철갑충차가 엄호사격을 하며 거신병기들을 본진 안에 밀어 넣었다.

하지만 본진 안에 들어온 거신병기들은 곳곳에 매설된 지뢰 때문에 거동이 불편했다.

철갑충차는 다시 수송기에 타서 움직였다.

다시 내린 곳은 본진 자원 뒤편. 자원 채집을 위해 건설로봇들이 우글거리는 곳이었다.

한 번에 대박을 터뜨려서 게임을 끝내 버리겠다는 뜻이었다.

충격탄 발사.

그 순간, 건설로봇 하나가 자원 뒤편 통로에 군량고를 건설하기 시작했다.

"오오오!!"

"우와아아!"

군량고가 통로를 막아서 충격탄이 지나가지 못해 우왕좌왕했다.

충격탄도 지뢰와 마찬가지로 처음 정해진 타깃에 도달하지 않으면 불발이 나버린다.

충격탄은 그대로 불발 처리 되었다.

—정말 지독하게 수비합니다, 카이저!

—계속 지상군 끌고 와서 몰아치는 시허 선수의 솜씨도 무서운데, 이걸 꾸역꾸역 막고 있는 카이저도 놀라워요!

—철갑충차가 다시 갑니다!

수송기에 탄 철갑충차가 이번에는 반대편 방면에서 다시 건설로봇들을 노렸다.

건설로봇들이 일제히 앞마당 방향으로 대피!

하지만 이미 쏘아진 충격탄에 따라잡힐 듯했다.

잘 터지면 충격탄의 확산 대미지에 6, 7기가 일격에 터질 수도 있었다.

그 순간, 놀라운 일이 벌어졌다.

쏜살같이 달려온 고속전차가 충격탄을 가로막은 것이다!

"헉!"

"뭐야 저게!"

관객석이 술렁거렸다.

감탄을 넘어 충격!

10년 넘게 스페이스 크래프트를 보았지만 저게 가능한 플레이인 줄은 아무도 몰랐다.

오랜 e스포츠 역사에 처음 나온 플레이인 것이다!

충격탄은 장애물에 막히면 좌우로 피해가는 유도탄의 특성이 있었는데, 고속전차가 함께 좌우로 무빙을 하며 최대한 충격탄의 진로를 가로막고 있었다.

그렇게 고속전차는 무려 2초가량이나 충격탄을 막아선 위업을 떨쳤다.

뒤늦게 고속전차를 피해 건설로봇들을 쫓아가지만 결국 불발 처리!

"우와아아아아!!"

"와아아아!!"

"카이저! 카이저!"

흥분으로 경기장이 요동치기 시작했다.

양 팀 벤치도 술렁였다.

같은 프로게이머들조차도 방금 장면이 이해 가지 않았다.

어떻게 인간이 저럴 수 있단 말인가?

"역시 사람이 아니었던 거야."

"저러라고 만든 게임이 아닐 텐데."

"진짜 신이었어."

"본인도 그냥 해봤을 뿐인데 진짜 돼서 놀랐을걸."

가장 충격을 받은 사람은 따로 있었다.

'저게 인간이야?!'

리우는 속으로 비명을 질렀다.

e스포츠에서 나왔던 역대 슈퍼 플레이를 모두 챙겨 보았던 리우였지만, 저런 건 처음 보았다.

심지어 그 역대 슈퍼 플레이 모임에 가장 많은 비중을 차지하는 이신도 저건 처음이었으리라.

그런데.

어떻게!

'저 순간에 저걸 할 생각을 한 거지? 뇌 구조가 어떻게 되어먹은 거야?'

완전히 미친 작자였다.

게임에 미치다 못해 악마에게 영혼까지 판 듯한 남자였다.

대체 얼마나 게임이 좋기에 저렇게까지 될 수 있을까.

그 단 한 번의 경이로운 슈퍼 플레이로 경기장은 뜨겁게 과열되었다.

열광하는 관객들을 보며 리우는 진정한 슈퍼스타가 무엇인지 보았다.

이제 관객들은 경기가 끝나고 돌아가서도 이 흥분을 잊지 못할 것이다.

집으로 돌아가서 이신의 슈퍼 플레이 모음 영상을 보고 또보며 흥분을 되새기고, 그렇게 이신의 광팬이 될 터였다.

까닭 없이 리우는 울컥했다.

'나도 저렇게 되고 싶다.'

관심받고 싶고, 멋진 플레이로 환호를 불러일으키는 스타가되고 싶었다.

'나도 저렇게 될 수 있을까?'

저 사람처럼 노력한다면, 노력하지 않아도 저절로 사람들이 모어드는 진정한 스타가 될 수 있을까.

기어코 스텔스 전투기가 생산되었다.

시허는 거신병기들로 철갑충차를 태운 수송기를 보호하며 여전히 이신의 앞마당을 점거했다.

이신 또한 스텔스 전투기로 철갑충차가 침투 못 하게 견제하면서, 기동포탑을 전진 배치해 포격을 후려갈겼다.

결국 시허는 포격을 피해 물러나는 수밖에 없었다.

새로 생산된 고속전차가 뛰쳐나와 지뢰를 박아 전투를 종료시켰다.

이신은 기어코 막아낸 거였다.

—막았습니다! 시허 선수가 물러납니다!

—끝나도 진즉 끝났어야 했는데, 이러면 승부가 미궁 속에 빠집니다!

—카이저는 앞마당에 확장 기지가 있지만 건설로봇 피해를 많이 봤습니다. 반면 시허 선수는 앞마당이 없지만 신도를 꾸준히 생산했죠.

—비슷하지만 시간은 시허 선수의 편입니다. 말도 안 되는 카이저의 디펜스가 인상적이었지만, 시허 선수의 공격도 사실 칭찬받을 만합니다.

—예, 철갑충차만 갖고 공격했으면 아무 소득도 못 거뒀을 텐데, 거신병기를 또 뽑아서 밀어붙여서 지상과 연계된 공격을 펼쳤어요. 상황은 시허 선수가 아주 좋아요.

해설대로였다.

시허는 앞마당과 6시까지 확장 기지 2곳을 동시에 가져갔다.

생산 유닛 숫자가 풍부했기 때문에 2확장을 해도 거기에 투입할 신도가 충분했던 것이다.

반면 기적적으로 잘 막았으나 피해를 많이 입은 이신은 건설로봇을 다시 뽑으며 자원 상황부터 회복해야 했다.

시허는 확실히 명문 팀의 에이스다웠다.

재빠르게 확장 기지를 늘리며, 병력도 모아서 이신의 앞마당을 끊임없이 압박했다.

이신이 밖으로 나오지 못하게 밀봉시키는 것.

확장 기지가 운영되기 시작하자, 쭉쭉 모이는 자원으로 병력을 뽑았다.

병력이 인구수 최대치까지 풀로 모이면 다시 총공세에 나설 생각이었다.

피해를 많이 본 이신은 기동포탑의 숫자가 부족하므로 그때 밀어닥치는 어마어마한 물량 공세를 막지 못할 터였다.

이를 극복하기 위해 이신은 항공수송선을 써서 견제를 시도해 보았지만, 길목마다 지키고 선 거신병기들 때문에 시허의 진영에 접근조차 못했다.

역전할 수 있는 빌미를 안 주겠다는 시허의 정확한 플레이였다.

순리대로 승리를 향해 나아가는 시허.

그리고 또다시 닥칠 위기를 극복해야 하는 이신.

"포탑 숫자가 너무 부족해."

"이번 한 번만 견디면 그나마 할 만해지는데요."

SC스타즈의 벤치 분위기는 좋지 않았다.

이대로라면 3-1 패배였다.

어떻게든 이신이 극복해 주길 기대하는 수밖에 없었다.

마침내 시허가 대군을 일으켰다.

이신은 지뢰를 잔뜩 매설하며 맞이할 준비를 했다.

정찰기를 앞세워 땅속에 숨은 지뢰를 찾아 제거하며, 시허의 대군이 천천히 다가왔다.

―퍼퍼퍼퍼펑!

전면에 배치한 기동포탑들이 불을 뿜으며 대전(大戰)의 시작을 알렸다.

전면의 기동포탑들은 몇 번 포격을 하고는 포격모드를 해제하고 퇴각했다.

포화를 뚫고 접근한 광신도의 숫자가 상당했기 때문이다.

후퇴하는 기동포탑들이 적을 끌고 앞마당까지 물러난다.

유인당해 들어온 적에게 양방향에 배치된 기동포탑들이 포격을 가했다.

―크아아!

―크악!

광신도들이 포화에 맞거나 매설된 지뢰에 당해 죽어나갔다.

하지만 그들이 뚫은 길로 거신병기들이 물밀듯이 들어와 빔을 쐈다.

그들의 목표는 이신의 앞마당 확장 기지였다.

그리고 이신은……

'원한다면 내주지. 들어와라.'

승부를 걸었다.

앞마당 확장 기지라는 먹음직스러운 미끼를 내주고서 시허의 병력을 모조리 안으로 깊이 끌어들였다.

그리고…….

─어?

─항공수송선이 나타났습니다. 안에 병력이 타고 있던가요?

전투 현장에 나타난 항공수송선.

항공수송선은 앞마당으로 진입하는 통로에 있는 언덕 위에 기동포탑 2기를 드롭했다.

언덕 위에서 자리 잡은 기동포탑 2기가 포격을 개시했다.

본진, 앞마당 구석 그리고 통로 쪽 언덕 위!

세 방향에서 기동포탑들이 포격을 퍼부었다.

처절한 대전이었다.

건설로봇들이 일제히 싸움에 합류하여 적을 블로킹했고,

기동포탑이 폭파할 때마다 새로 생산된 기동포탑이 다시 와서 자리를 채웠다.

시허도 추가 생산된 광신도를 계속 투입하며 미친 듯이 싸웠다.

―콰르릉!

시허가 이신의 앞마당 통제사령부 건물을 부수는 데 성공했다.

하지만…….

―그 많던 병력을 다 막았습니다!

―앞마당을 밀긴 했는데 병력 소모도 너무 컸습니다, 시허 선수! 그리고… 와!!

전투가 끝나자 이신의 본진 쪽에서 새로운 통제사령부 건물이 모습을 드러냈다.

유유히 날아온 건물이 앞마당에 자리 잡았다.

다시 건설로봇들이 달라붙어 자원 채집을 개시했다.

―앞마당이 다시 활성화됩니다! 막았어요! 막았습니다, 카이저!

―12시에도 건설로봇이 가서 확장 기지를 구축하기 시작합니다! 대첩(大捷)! 대첩입니다!

―적을 앞마당 안쪽까지 깊이 끌어들인 후에 언덕에 기동포탑 2기를 배치해서 3면 포격! 정말 기막힌 전술로 그 많은 신족 대군을 몰살시켰습니다!

―8 대 2에서 7 대 3으로, 다시 이제는 6 대 4로! 계속 주어진 난제를 풀면서 격차를 점점 좁혀나갑니다! 이제는 몰라요!

―적이 코앞까지 밀고 들어오는 걸 기다렸다가 그 후에 언덕에 병력을 놓는 침착함! 이 얼마나 냉정한 선수인가요?!

기적 같은 승리에 경기장의 홍분은 점점 고조되었다.

물론 이신 역시 피해가 불가피했고, 그사이에 시허는 확장 기지를 또 가져가며 우위를 유지하는 운영 능력을 보였다.

하지만 이제는 정말 승부의 행방이 알 수 없게 되었다.

시허는 확실히 뛰어난 선수였다.

확장 기지를 추가하며 또 자원 격차를 벌렸고, 지상군을 다시 모으면서 테크 트리를 또 새롭게 올렸다.

지상군에 대사제가 충원되어서 전격 마법으로 인한 화력 강화까지 기대할 수 있었고, 그것도 모자라 한 가지 승부수를 더 띄웠다.

―시허 선수가 항공모함을 생산하기 시작합니다!

―확실하게 승리를 굳히겠다는 의지죠. 항공모함이 4척 이상 모여서 지상군과 함께 공세에 나서면 인류 입장에서는 굉장히 까다롭거든요.

―이걸 이기려면 항공모함이 쌓이기 전에 먼저 풀 병력으로 선제공격해 끝내 버리던가, 지대공 공격력이 좋은 기계보병을 대량으로 모아야 하는데, 카이저의 병력이나 자원 상황에서는

둘 다 불가능하죠.

―카이저도 확인했습니다.

이신은 레이더로 시허의 진영을 체크, 항공모함을 생산하기 위한 건물들을 확인했다.

곤란한 상황이었다.

연이은 분투로 소모한 기동포탑을 충원하기도 급한 마당인데, 기계보병까지 함께 모을 수 있는 자원적 여력이 되지 않았다.

시허 정도 되는 실력자라면 항공모함만 믿고 쓰지 않는다.

항공모함을 뒷받침해 줄 만한 지상군도 함께 올 터.

그 지상군도 확실히 이신보다는 수적으로 우세할 테고, 이를 막아내려면 기동포탑과 함께 값싸고 활용성 높은 고속전차를 모아야 승산이 있었다.

그런데 그러면 항공모함은?

소형 전투기를 메뚜기 떼처럼 쏟아내며 치고 빠지기를 반복하는 항공모함 함대에 의해 이신의 지상군이 야금야금 녹아들 수밖에 없다.

필패다.

'억지로라도 기계보병을 모아야 하나?'

이신의 뇌리로 많은 생각이 오갔다.

그러나 이내 고개를 저었다.

'그러면 결국 진다.'

다수의 지상군.

항공모함.

그리고 전격 마법을 쓰는 대사제들까지.

이 세 요소를 전부 막아야 하는 난제(難題)가 다시 이신에게 주어진 것이다.

첩첩산중.

넘어도 넘어도 계속 험난한 산이 나타난다.

슈퍼 플레이를 얼마나 더 해야 이길 수 있단 말인가?

지금까지도 충분히 잘해왔다고 생각했기에 현재의 상황이 난감하게 느껴졌다.

그게 너무 기가 막혀서,

'재미있군.'

이신은 피식 웃었다.

'어디 한번 해보자. 기필코 이겨주지.'

마침내 이신은 신족의 대공세를 막아낼 책략을 수립했다.

승산이 낮다.

하나 마계에서 만났던 계약자 중 기적 같은 승리를 거둔 이가 한둘이던가?

그런 이들을 모두 꺾고 일인자가 되기로 결심했으면, 이 정도는 극복해 봐야 하지 않겠는가.

이신이 성공률이 실낱같은 책략을 실행해 옮겼다.

그것은 바로……

─첩보원?

─첩보원을 생산하기 시작하네요. 상대가 항공모함 뽑는
걸 보자마자 내린 선택이 첩보원이라면, 그 의도가 아주 명백
합니다.

─허허, 첩보원으로 봉쇄탄을 쏴서 항공모함을 무용지물로
만들겠다는 생각인데…….

─이러면 어느 쪽이 이기든 올해 최고의 명경기가 탄생하
는 겁니다! 이런 멋진 게임을 보여주나요, 카이저!

"멘탈 아주 죽여주네, 저 양반."

박영호는 이신이 하는 짓거리를 보며 중얼거렸다.

항공모함을 첩보원의 봉쇄탄으로 잡겠다니.

실패하면 그냥 진다.

그럼에도 잘 싸울 수 있는 방법이 아니라, 위험천만해도 승
리할 가능성이 있는 방법을 택한 것이다.

자신이 지면 팀도 지는 상황인데, 저런 위험한 판단을 내릴
수 있을까?

지고 나면 무리수였다느니, 평범하게 기계보병 갔어야 했다
느니, 네티즌이 멋대로 떠들 텐데.

'아, 그런 거 관심도 없지, 참.'

박영호는 새삼 이신을 우러러보았다. 저 얼마나 강력한 멘
탈이란 말인가.

'이 세상 70억 인구를 적으로 돌려도 눈 하나 깜짝 안 할

인간이야.'

결전이 시작되었다.

—시허 선수가 올라갑니다! 지상군 다수에 항공모함 4척!

—카이저에게 이 이상 시간을 더 주면 안 되거든요!

진격을 개시한 시허.

시종일관 우세를 점한 채 싸움을 열 수 있다는 점은 그의 운영 능력을 짐작케 했다.

견제로 계속 쥐고 흔들다가 어느새 역전하는 일반적인 시나리오는 통하지 않는 상대.

정면승부밖에 없었다.

이신도 병력을 이끌고 정면으로 치고 나갔다.

불필요한 건물들도 일제히 공중에 띄워서 앞세워 보냈다. 띄워진 건물들이 공격을 대신 맞아주어 적의 화력을 분산시키는 역할을 해준다.

아까처럼 끌어들여서 싸우지 않고 요격하러 나온 건, 지켜야 할 곳이 많기 때문이었다.

여러 가지로 이신에게는 힘든 승부처였다.

—붙습니다!

—존망을 걸고 양 선수가 다시 대전을 벌입니다!

광신도들이 지뢰밭을 가로지르며 달려든다.

—퍼퍼퍼퍼펑!

기동포탑들이 일제히 포화를 쐈다.

1차로 달려들던 광신도들이 절반 이하로 줄었지만, 다시 2차로 광신도들이 또 달렸다.

지뢰밭이 제거된 길을 질주하며 그대로 인류의 유닛들과 부딪쳐 싸운다.

—퍼퍼퍼퍼펑!

—크악!

—펑!

비명과 폭파 소리가 난무했다.

뒤따라온 거신병기들도 빔을 쏘며 기동포탑들을 노렸다.

그 와중에 좌측 편에서 항공모함 4척이 출현!

항공모함 함대가 이신의 좌익을 공략하기 시작했다.

'아직 아니다.'

첩보원을 쓸 타이밍을 재고 있는 이신이었지만 지금은 참았다.

마술을 곧이곧대로 보여주면 트릭을 들키고 만다.

미스디렉션이 필요하다.

그리고 그것은 우익으로 빠져 있던 고속전차 4기가 맡은 역할이었다.

—파앗! 팟!

전술위성이 다가와 그중 2기에게 디펜시브 실드를 걸어주었다.

그 2기가 앞장선 채로, 고속전차 4기가 특명을 받고 달렸다.

빠르게 적의 배후로 우회.

살짝 비스듬한 대각선 방향으로 그대로 적의 한복판에 뛰어들었다.

그들의 임무는 바로 대사제 암살이었다.

―으악!

갑자기 난입하여 일점사를 하자 대사제가 죽었다.

한 명.

쉬지 않고 또 다른 대사제를 일점사!

―으악!

두 명.

주위에 있던 거신병기들의 공격을 받았지만, 디펜시브 실드로 견뎌가며 또 다른 대사제를 공격했다.

―으악!

세 명!

총 세 명의 대사제를 전격 마법도 쓰지 못하고 죽게 만들었다.

이 싸움의 판도를 바꿀 큰 전과였다.

―날카롭게 뒤로 들어가서 대사제를 제거합니다! 정말 이 선수의 고속전차 컨트롤은 뭐라고 표현해야 하나요?

―또! 또 들어갑니다!

끝난 게 아니었다.

고속전차 무리가 또다시 나타나 다른 대사제를 계속 암살한 것이다.

4명, 5명!

지뢰를 다 소모한 빈 깡통 같은 고속전차들을 전격 마법도 못 쓴 대사제들과 맞바꾼 건 실로 어마어마한 이득이었다.

거기까지만 해도 눈길을 확 잡아끄는 슈퍼 플레이였다.

하지만 그러는 동안, 반대편인 좌측에서 이신의 마술이 펼쳐지고 있었다.

항공수송선 1척이 나타나 언덕과 언덕 아래쪽에 첩보원들을 연달아 드롭했다.

위장 모드로 투명화된 첩보원들이 항공모함 함대에 가까이 접근했다.

시허는 대사제가 암살당한 것 때문에 잠시 시선이 우측에 쏠려 있어 이것을 보지 못했다.

그리고…….

─파아앗! 파앗!

─파앗! 팟!

삽시간에 어마어마한 컨트롤이 펼쳐졌다.

첩보원 하나하나를 일일이 조작하여서 봉쇄탄 4발을 순식간에 쐈다.

항공모함 4기가 모두 봉쇄!

봉쇄탄에 맞아 한참 동안 움직이지도 공격도 하지 못하는 상태가 되었다.

"꺄아아아아아악!"

"꺄아아악!"

익룡의 울음소리 같은 이신의 여성 팬들의 비명이 터져 나왔다.

"우와아아아아!!"

"진짜 해냈어!!"

"미쳤어 진짜!"

경기장이 열광에 휩싸였다.

대사제들을 사전에 제거하고, 항공모함을 전부 봉쇄해 버렸다.

세 가지 난제 중 두 가지를 해결한 것이다!

하지만 아직 하나가 더 남아 있었다.

―시허 선수가 계속 밀어붙입니다!

―아직 지상군 물량에서 시허 선수가 우위에 있습니다. 싸움은 아직 끝난 게 아니에요!

시허는 막대한 지상군으로 계속 밀어붙였다.

본진에서 추가 생산된 광신도들도 계속 달려오고 있었다.

그 정도로 물러설 생각은 없다는 의지였다.

병력이 급속도로 줄고 전선이 무너지기 시작하자, 이신은 1선의 병력을 모두 후퇴시키기 시작했다.

신족 병력이 쫓아서 들어왔지만 얼마 되지 않아 어디선가에서 날아온 포격에 얻어맞았다.

언덕 위의 기동포탑 2기!

―저 언덕이 아까부터 계속 카이저의 주요 전술 포인트가 되고 있습니다.

―계속 결사 항쟁을 벌이죠!

이신은 언덕을 끼고 다시 한 번 진형을 짜서 전투를 벌였다.

시허도 꾸역꾸역 계속 추가 생산되어 달려오는 광신도를 투입해 밀어붙였다.

결국 거기서도 밀린 이신이 다시 본진까지 후퇴.

마침내 시허는 이신의 앞마당까지 이르렀다.

이제부터는 이신도 결사 항전이었다.

앞마당에서 일하던 건설로봇들까지 뛰쳐나와 블로킹!

새로 생산된 기동포탑들이 본진 안에서 자리 잡고 포격했다.

앞마당까지 물러서서 다시 포격모드를 전환한 기동포탑과 언덕의 2기까지!

아까와 같은 3면 포격의 재현이었다.

―퍼퍼퍼퍼퍼펑!

포화가 앞마당까지 깊숙이 들어온 신족 병력에게 집중되었다.

신족 병력이 녹아들었다.

그 와중에 이신은 멀티태스킹을 발휘, 항공수송선으로 보병들을 실어 날라 봉쇄된 항공모함들을 난타했다.

첩보원들도 저격 총으로 사격을 개시했고, 아까 뽑았던 스텔스 전투기 1기까지 합류했다. 항공모함들이 봉쇄에서 풀려나면 골치 아프므로 미리미리 제거해 놔야 했던 것이다.

—퍼어엉!

—퍼엉!

항공모함이 잇달아 격추되었다.

비명과 환호가 쏟아졌다.

SC스타즈 측도 상하이 게이밍 측도 흥분에 휩싸여 자기 팀을 응원했다.

그리고 어느 순간 포성이 멎었다.

—마, 막았습니다!!

"와아아아아아아아—!"

"카이저! 카이저!"

끝내 이신은 공격을 모두 막아냈다.

시허가 더 이상 공격에 투입할 병력이 남아 있지 않았던 것이다.

이신은 이 기회를 놓치지 않았다.

잔존 병력을 싹싹 긁어모아서 곧바로 출진했다.

폭풍 같은 행군!

앞장서서 쏜살같이 달려간 고속전차들이 시허의 5시 본진 앞마당 진입로에 잇달아 지뢰를 매설했다.

뒤늦게 도착한 기동포탑들이 포격모드로 전환.

함께 온 건설로봇들도 대공포를 곳곳에 건설했다.

어안이 벙벙해질 정도로 발 빠른 진격과 포진이었다.

눈 깜짝할 사이에 시허의 본진이 밀봉되었고, 건설로봇들은 계속 대공포나 군량고로 심시티를 해서 봉쇄를 강화했다.

그 틈을 노리고 고속전차들이 각기 사방으로 뻗어나가 시허의 모든 확장 기지를 테러했다.

병력이 생산되는 5시 본진의 배출구가 밀봉당한 탓에, 시허는 사방에서 벌어지는 다방면 견제 플레이를 막아낼 겨를이 없었다.

처음으로 포착한 승리의 기회를 놓치지 않고 번개같이 물어뜯은 이신.

지금껏 우위를 잃지 않았던 기세가 무색하게도 시허가 무너지는 것은 삽시간이었다.

봉쇄를 뚫어보겠다고 새로 생산한 항공모함과 지상군을 동원해 보지만, 이신이 바람같이 달려와 선점해 버린 포지션이 너무나 좋았다.

결국.

―시허 선수 GG!!

―카이저가 해냈습니다! 스코어는 2 대 2! 승리를 코앞에 두었던 상하이 게이밍의 벤치에 찬물을 끼얹었습니다.

지쳐서 진이 다 빠져버린 모습으로 부스에서 걸어 나온 이신.

　자신을 맞이하는 쩌렁쩌렁한 환호성을 들으며 이신은 나직이 미소를 지었다.

　스트리밍을 타고 전 세계에 퍼진 그 아름다운 미소에 또 얼마나 많은 팬들이 이신교로 투신했는지는 말할 필요도 없었다.

　개선장군처럼 벤치로 돌아와 손을 뻗었다.

　짝! 짝! 짝!

　모든 팀 동료들과 하이 파이브를 했다.

　그리고 마지막에 하이 파이브를 한 리우의 손을 덥석 움켜쥐었다.

　리우는 화들짝 놀랐다.

　왠지 그 맞잡은 손길에서 따스한 기운이 흘러나오는 것 같았다.

　그 온기가 전달하는 메시지는 간단명료했다.

　'이겨다오.'

　리우는 울컥했다.

　눈물겨운 사투 끝에 다 진 게임을 역전하고 돌아온 남자가 그를 감동시켰다.

　'그래, 기억난다.'

　어린 시절, 왜 자신이 개인방송을 시작했었는지 기억났다.

'나도 이런 스타가 되고 싶었다.'

5세트 출격을 앞둔 리우의 두 눈이 뜨겁게 불타오르기 시작했다.

자기 진심 앞에서 거짓말을 할 수는 없다.

지금 이 순간, 리우는 진심으로 이기고 싶다고 느꼈다.

제4장

전성기

쏟아지는 스포트라이트 속에 이신은 서 있었다.

그날 경기의 MVP를 뽑는 자리에 당당히 섰다.

물론 MVP는 승리한 팀 선수 중에서 선정된다.

그랬다.

5세트에서 리우는 완벽하게 승리를 거두었다.

상대는 신족.

심시티를 해놓고 광신도 1명과 신도 2명으로 틈새를 막았지만, 리우는 바퀴 떼를 기막히게 컨트롤해 신도를 처치하고 틈바구니로 약삭빠르게 침투했다.

그 뒤에는 본진 난입한 바퀴들의 활약.

쫓아오는 광신도들을 요리조리 피해 다니며 일하는 신도들을 하나씩 사냥.

계속 신도들은 일하다 말고 공격을 받아서 피해야 했고, 그렇게 손해가 누적될수록 상대 선수의 멘탈이 흔들렸다.

잽싸게 얄밉고 날카로운 플레이.

앞서 지우펑이 당했던 대로 똑같이 되갚아준 것이다.

시종일관 괴롭히며 격차를 벌려나간 리우는 그렇게 낙승을 거두었다.

마지막에 쐐기충 편대로 습격을 가하면서 상대의 사략기 2기를 폭탄충으로 깔끔하게 격추시켜 버린 절묘한 플레이가 리우의 부활을 알려주었다.

하지만 오늘의 MVP는 단연 이신이었다.

"오늘 기적 같은 승리를 거두셨는데요. 이길 수 있다고 믿으셨습니까?"

"매 순간 이길 수 있는 방법을 찾아야 하는 게 이 직업인 것 같습니다."

"가장 위험한 순간이 언제였나요?"

"철갑충차가 들어왔을 때였습니다. 그때는 어떻게든 버티자는 생각이었지 뚜렷한 대책이 있는 게 아니었습니다."

"아, 그때 충격탄을 고속전차로 블로킹했던 장면이 있었는데요. 다시 보실까요?"

대형화면에 하이라이트가 재생되었다.

건설로봇들을 향해 쏘아져 나간 충격탄.

그때 쏜살같이 달려온 고속전차가 충격탄의 진로를 가로막는다.

좌우로 무빙을 하며 충격탄을 온몸으로 가로막았다. 1초, 2초!

"와……!"

"진짜 대단하다."

"저걸 어떻게 한 거야?"

다시 봐도 말도 안 되는 상황이라 다시금 경기장의 관객들이 탄성을 터뜨렸다.

우연이라고 보는 게 더 당연한데, 고속전차가 절묘한 타이밍에 거기로 왔다는 건 의도하고 한 플레이였다는 뜻이었다.

이신도 그걸 유심히 지켜봤다.

'내가 했지만 정말 잘했군.'

스스로에 대한 칭찬에 인색하지 않은 이신이었다.

"저걸 어떻게 하신 건가요?"

"그냥 하니까 됐습니다."

관객석이 웃음바다가 됐다.

이신은 조금 생각하다가 다시 말했다.

"머리로 생각할 겨를이 없었고, 그냥 반사적으로 한 일인데 저게 된 것 같습니다."

"반사적으로 저렇게 충격탄을 막으려 했다는 것 자체도 굉장한 것 같습니다. 역시 카이저입니다!"

다시금 박수와 환호가 쏟아졌다.

"그럼 마찬가지로 또 하나의 플레이에 대해 묻고 싶은 게 있습니다. 이것도 일단 영상을 보시죠."

다음은 첩보원들이 봉쇄탄을 쏴서 항공모함 함대를 무력화시키는 장면이었다.

저것 역시 엄청난 호응을 받은 명장면이었다.

"어째서 하필이면 첩보원을 쓸 생각은 하셨습니까?"

"이길 수 있는 방법이 그것 외엔 없었습니다."

그 점에 대해서는 이신이 단언했다.

어떤 쇼맨십을 생각할 틈도 없는 어려운 경황이었고, 항공모함을 무력화하면서 지상군을 막아내려면 그것 외엔 답이 없었다.

그렇게 그날의 경기는 끝이 났다.

하지만 그날 느낀 팬들의 흥분은 사그라지지 않고 한동안 계속되었다.

이신의 그날 경기 유료 VOD는 나오자마자 엄청난 속도로 팔려나갔다.

중국 시장의 힘은 무서웠다.

매출이 폭주하여서 이신에게 막대한 이득이 떨어졌고, 한국 및 전 세계 팬들에게도 팔려 나갔다.

그러자 이신에게 한 가지 제안이 더 들어왔다.

"개인 화면을?"

"예. 그날 경기를 카이저 선수의 개인 시점 버전으로 서비스를 했으면 좋겠다고 하는군요."

마치 개인방송처럼, 이신의 화면 전환과 마우스 커서의 움직임을 생생하게 볼 수 있는 버전으로 그날의 명경기를 선보이고 싶다는 협회 측의 의뢰였다.

워낙에 멋진 플레이가 많았기 때문에 이신의 시점에서 생생히 보고 싶어 하는 팬들이 상당했다.

"개인 시점을 공개하면 정보가 많이 새지 않습니까?"

이신이 물었다.

"그 정도야 문제가 없을 것 같습니다. 이곳 중국에서는 개인방송과 병행하는 선수들이 대수인데, 카이저는 방송도 안 하시니까요."

왕춘 감독도 판매에 대해 긍정하는 눈치였다.

이신은 고개를 끄덕였다.

"그럼 알겠습니다. 솔직히 전 상관없습니다."

사실 팀의 입장을 배려한 것이지 이신 자신은 아무래도 좋았다.

'나에 대한 데이터는 이미 알려진 게 한두 가지도 아니고.'

지금이야 개인 정보가 보안되는 쪽으로 업데이트가 되어서 리플레이가 저장되어도 상대의 진영을 볼 수 없지만, 이전에는 그렇지 않았다.

리플레이에 이신이 어떤 빌드 오더를 썼고 어떤 전략을 썼는지 리플레이에 고스란히 저장되어서 다른 팀들에게 널리 공유되었다.

업데이트 이전에 이신과 온라인에서 대전했던 상대들이 얻은 수많은 리플레이 파일들은 지금도 여기저기 공유되어서 인류 플레이어의 바이블로 여겨지고 있었다.

프로 팀이라면 기본적으로 이신의 리플레이 기록물은 귀중히 보관되어 연구하고 있는 실정이었다.

속전속결이었다.

이신이 허락하고 계약하자마자 이신의 개인 시점에서 벌어진 경기 VOD가 다시 팔려 나갔다.

중국어와 한국어로 해설까지 따로 곁들어서서 전 세계에 공식 판매.

—정말 대단해. 북미에서 개인방송하는 선수들 중에 이렇게 빠르게 화면이 움직이는 사람은 없어.

—영어 해설이나 영문 자막도 빨리 해달란 말이야! 카이저는 전 세계의 것이야.

—컨트롤도 한 번도 실수 없고 멀티태스킹은 보는 내가 다 현기증이 날 정도야. 이제 적은 나이가 아닌데도 이런 역량을 유지하다니!

—카이저의 본명은 한국어로 신과 발음이 같다지? 그는 정말 나의 신이야.

—항공모함 뽑는 걸 보자마자 첩보원을 뽑기 위한 테크 트리를 올리기

시작했어. 정말 결단이 빨라. 그는 겁도 안 나는 걸까?

—위기 순간에도 잔손질 하나 없이 조작이 정확한 걸 보면, 정말 엄청난 정신력의 소유자라는 걸 알게 되지.

—이봐, 어딜 봐도 사람이 아니잖아?

—인간을 벗어났음을 이 영상으로 입증했군.

전 세계 팬들의 격찬이 쏟아졌다.

공식 경기로 보았던 주요 장면을 이신의 시점에서 보는 것은 새로운 맛이 있었다.

그런 명장면들을 만들기 위해 이신이 펼친 플레이를 모두 지켜본다는 것은, 그의 골수팬에게 최고의 선물이 되었다.

특히 이런 이신의 개인 시점 플레이 영상은 매우 귀했다.

중국에 진출하면서 그나마 어쩌다 한 번씩 하던 파프리카 TV 개인방송도 접어버렸다.

특히 개인방송 때도 메인 종족인 인류를 플레이한 적은 매우 드물었다.

그런 와중에 나온 터라 폭발력이 엄청났다.

폭발하는 매출.

쌓여가는 계좌 잔고.

이신은 자신이 부자가 되든 갑부가 되든 무덤덤했지만, 수많은 스트리밍 서비스 업체들은 그렇지 않았다.

'역시나 최고의 블루칩은 카이저다.'

'카이저와 계약을 따내야 해.'

'중국에서 활동하는 지금이 기회야. 그를 잡으면 중국 시장도 잡을 수 있어.'

'50만? 100만 시청자도 동원할 수 있다.'

물론 중국 진출을 했을 때도 이신에게 그런 제의가 많이 들어왔었다.

거액의 계약금을 제시하고 정산 조건까지 최고 대우로 맞춰주겠다는 업체들이 줄을 섰다. 다만 이신이 귀찮다며 모두 거절했을 뿐.

하지만 이신이라는 콘텐츠가 가진 파괴력을 재확인한 이상 업체들은 끈질기게 다시 덤벼들 수밖에 없었다.

돈이 있는 곳에 기업이 안 갈 수 없는 노릇!

그 뒤로 SC스타즈는 골머리를 앓아야 했다.

"이렇게나 집요하게 제안을 해올 줄은 몰랐군."

왕춘 감독은 표정이 좋지 않았다.

찾는 손님이 하도 많아 여기저기 불려 다녔다.

다들 이신을 만나고 싶다고 하는 스트리밍 방송 업체 관계자들이었다.

이신은 현재 어떤 손님이든 일절 만나주지 않고 매일매일 연습에 매진하는 상황.

프로게이머가 연습 때문에 바빠서 여유가 없다고 손님을 거절하는데 뾰족한 수단이 없었다.

심지어 연습이 없는 주말에도 틀어박혀 독서만 한다고 했다. 매달 한국에서 배송되어 온 책이 대량으로 도착하곤 하는데, 죄다 역사책이라고 했다.

휴대폰은 모르는 번호를 모두 수신 거부하도록 설정해 놓았고, 이메일도 읽지 않고 삭제.

도무지 이신과 접촉할 방도가 없으니, 업체들은 왕춘 감독 쪽으로 우회할 수밖에 없는 상황.

이신은 그래도 되지만, 왕춘 감독은 아니었다.

프로게임단의 감독으로서 만나고 싶다는 사업가들의 청을 거절하기 힘들었다.

계속 이신을 설득해 달라고 요청을 해오는 바람에 왕춘 감독은 지친 상황이었다.

'본인이 귀찮다는데 내가 어찌할 수 있는 것도 아니고……'

어차피 연습 때문에 매일 게임을 하니 그걸 개인방송으로 하면 되지 않느냐는 게 업체들의 주장.

하지만 이신은 연습 내용을 공개하는 걸 싫어했다.

'제 연습에 아무 의미 없는 게임은 단 한 판도 없습니다. 그걸 노출하고 싶지 않고, 제 플레이에 대한 희소성을 떨어뜨리고 싶지도 않습니다.'

너무나 지당해서 왕춘 감독은 고개만 끄덕이다가 왔다.

그렇다고 그 뜻을 그대로 전달하여서 거절하기에도 곤란했다.

기업의 후원이 늘 필요한 프로 팀의 감독 입장에서, 사업가들의 기분을 상하게 할 수는 없는 노릇.

　고민 끝에 왕춘 감독은 한 가지 꾀를 냈다.

　'그러면 되겠구나!'

　왕춘 감독은 이신을 불렀다.

　"무슨 일이십니까?"

　연습 게임을 마치고 쉬는 틈에 왕춘 감독을 찾아온 이신이 물었다.

　"개인방송에 대해서 하도 문의가 많더군요."

　"제 뜻은 잘 전했다고 생각합니다."

　"예, 물론 카이저의 뜻을 존중합니다. 다만 나름대로 고민을 해보다가 양측의 절충안이 떠올려서 말입니다."

　"절충안?"

　의아해진 이신은 일단 왕춘 감독의 말을 들어보기로 했다.

　긴 말을 싫어하는 걸 알기 때문에 왕춘 감독은 짧게 말했다.

　"하루에 한 시간 정도만 해보시죠?"

　눈살을 찌푸리는 이신에게 왕춘 감독이 계속 말했다.

　"연습 전에 손 풀기로 인류가 아닌 다른 종족으로 플레이하는 것을 1시간 정도 방송으로 보여줘도 충분하다고 생각합니다만."

　그 말에 이신도 일리가 있다고 여겼다.

'그러고 보면 요즘 다른 종족으로 하지 않았군.'

실력이 완전히 올라온 탓에 .이제는 다른 종족으로 하지 않아도 지지 않을 자신이 있는 이신이었다.

게다가 이곳은 이신이 마음대로 할 수 있는 올도어SCC가 아니었다. 이신이 뜬금없이 다른 종족으로 출전하고 싶다고 하면 왕춘 감독이나 전략 팀에게 괜한 민폐였다.

'다른 종족 플레이를 보고 싶어 하는 사람들도 있으니 나쁘지 않겠군.'

데이터 노출을 염려할 필요도 없고 말이다.

이신은 결국 그 제안에 승낙했다.

왕춘 감독도 업체 관계자들에게 그 의향을 전달했고, 이내 카이저를 잡겠다는 업체들의 경쟁이 펼쳐졌다.

여러모로 이신은 순조롭게 전성기를 구가하고 있었다.

2021년이 훌쩍 지나갔다.

e스포츠의 팬들에게는 폭풍처럼 흘러간 한 해였을 것이다.

이 한 해 동안 전 세계 e스포츠는 단 한 사람의 행보를 정신없이 좇다가 시간 가는 줄도 몰랐다.

이신.

e스포츠의 신.

충격적인 사건으로 무대에서 사라져야 했던 '비운의 천재'에서 기적같이 부활.

그 뒤로 2021년 그랑프리 개인전에서 공백기 동안 권좌를 노리고 등장했던 신흥 강자들을 연달아 격파하고 금메달을 탈환했다.

물론 마이클 조셉과 같은 기대받던 강호가 중간에 복병을 만나 낙마해 버리는 이변도 있었지만, 이신이 세계 최강임은 확실히 증명되었다.

결승전 상대였던 박영호는 명실상부한 최강의 적수였다고 대부분의 전문가가 인정하는 바였으니 말이다.

그러고는 사상 최고액의 몸값을 받고서 중국에 진출.

이신을 얻은 SC스타즈는 21─22 중국 프로리그 전기 시즌 우승컵을 들었다.

이제 2022년 초에 시작되는 후기 시즌의 우승 팀과 자웅을 겨뤄 승리하기만하면 2022년 그랑프리 단체전 출전권을 또다시 손에 넣을 수 있게 된 것이다.

하지만 SC스타즈를 이끄는 명장 왕춘 감독은 아예 후기 시즌까지 우승해 버려서 중국을 완전히 제패하겠다는 야심이었다.

중국 제패부터 해야 세계 제패도 가능하다는 생각이었다.

'이런 선수가 있는 이상 충분하다.'

왕춘 감독은 연습 중인 이신을 바라보았다.

이신은 현재 방송 중이었다.

손을 풀면서 신족을 골라 2군 선수와 게임을 했다.

상대인 2군 선수는 메인 종족인 인류로 하고 있었는데, 이신에게 무참히 박살 나는 중이었다.

이신은 이미 다른 종족을 플레이하는 실력도 톱클래스 수준이었던 탓에 어찌 보면 당연한 결과라 할 수 있었다.

수송기를 탄 대사제가 계속 견제를 들어가 건설로봇들에게 전격 마법을 갈기고 도망치기를 반복하며 피해를 입혔다.

큰 전투가 벌어졌을 때도 대사제가 미친 듯한 스피드로 전격 마법으로 화면 전체를 번개의 바다로 만들어 버렸다.

인류의 군세가 삽시간에 녹아버리는 장관.

GG를 치는 2군 선수를 보며, 왕춘 감독은 절레절레 고개를 저었다.

'조금은 반칙이라는 생각마저 드는군.'

에이스의 중요성을 아주 잘 알고 있는 왕춘 감독이었다.

중요한 순간에 반드시 승리를 가져다주는 선수.

더불어 팀의 사기를 높여주어서 분위기를 바꿔주는 선수.

지난번 그랑프리 단체전 4강 때 세계 유수의 강팀인 팀 크라이시스를 만났을 때도 에이스의 존재감을 느꼈다.

5세트에서 마이클 조셉이 리우를 꺾고 SC스타즈의 패배를 확정지었을 때 말이다.

이신이 있으면 그런 일은 일어나지 않는다.

게다가 박영호도 있고 지우펑도 있었다.

이들 3인방은 프로리그뿐만이 아니라 개인전에서도 뛰어난 역량을 과시했다.

이신은 베이징 슈퍼리그 우승.

지우평은 무패의 기세로 무섭게 치고 올라가다가 8강에서 하필 이신을 만나는 바람에 거기서 그쳐 버렸다.

박영호도 유력한 우승 후보로 꼽혔지만, 4강전에서 시허가 구사한 변칙 전략에 당하는 바람에 아깝게 결승 진출을 놓쳤다.

하지만 결승전에서 이신은 시허를 3 대 0으로 완파하고 우승컵을 차지했다.

일전에 명경기를 치렀던 때와 달리, 이번에는 시허가 무슨 전략과 심리전을 시도해도 절대 당해주지 않고 압살해 버렸다.

한편 리우는 베이징 슈퍼리그에서는 예선 탈락의 고배를 마셨지만, 프로리그에서는 맹활약하며 팀의 전기 시즌 우승에 기여했다.

한때는 슬럼프를 걱정했지만, 역시나 다시 부활하여서 프로리그에서 6할 이상의 승률을 달성했다.

개인전 대회에서 또 좋은 성적을 얻지 못해 아쉽겠지만, 프로리그에서는 지난해에 이어 이번에도 맹활약했으니 선수로서의 가치는 충분히 입증한 셈이었다.

'내년이 기다려지는구나.'

중국 제패 및 그랑프리 단체전 출장은 확실하다고 생각하는 왕춘 감독.

하지만 변수가 없지는 않았다.

그 변수는 바로 한국에서 활동 중인 장양과 차이.

이 이신의 두 제자는 한국에서 재능을 만개하였다.

한국에서 벌어진 2021년 후반기 개인리그는 이신의 제자들의 놀이터였다.

특히, 결승전은 신지호와 최영준 등 쟁쟁한 강호를 제치고 차이와 장양의 대결이 되어버렸다.

두 어린 천재는 마치 이신과 박영호가 보여줬던 명승부를 방불케 하는 치열한 대결을 펼쳤다.

이신의 제자 중 누가 최고인지를 가리는 자존심 대결이었다.

승자는 차이였다.

차이는 최후까지 아껴놓고 쓰지 않았던 심리전을 써서 5세트에서 승리를 거둬 우승을 차지했다.

아직 장양에게 부족한 심리전 부문을 공략한 것이다.

물론 그것도 더 경험이 쌓인 내년이 되면 더 이상 약점이 되지 않을 터.

하지만 그때는 차이도 또 다른 방법을 찾겠다는 각오였다.

그렇게 한국 무대를 휩쓸며 서로 라이벌 구도를 형성한 두 사람은 전 세계가 탐내는 유망주였다.

'두 사람이 중국에 진출한다면, 그것도 우리 SC스타즈가 아닌 다른 팀에 들어간다면 강적이 될 것이다.'

솔직히 두 사람을 모두 손에 넣는다면 어느 팀이든 강팀이 될 수 있을 정도였다.

라이벌인 상하이 게이밍이 SC스타즈에게 복수를 다짐하며 두 사람을 영입할 경우, 역대 최강의 전력을 자랑하는 SC스타즈라 해도 위험할 수 있었다.

'만약 두 사람 다 한국을 떠난다면, 중국으로 올 확률이 높지.'

장양은 모국인 중국을 놔두고 다른 나라로 굳이 갈 이유가 없었다.

차이의 경우 영어에 능통하니 미국 같은 나라를 택할지도 모르지만, 자금력에서는 중국 팀들이 북미 쪽보다 우위에 있는 상황.

스승인 이신이 활약하는 중국에 올 생각을 할 확률도 섬쳐 볼 수 있었다.

'만약에 두 사람이 모두 중국에 온다면, 적어도 그중 한 사람은 잡아야 한다.'

외국인 용병 출전 숫자에 제한이 있기 때문에, 둘 중 하나를 고르라면 SC스타즈는 장양을 택할 수밖에 없었다.

왕춘 감독은 한국의 동향을 예의주시했다.

현재 한국에는 프로리그의 판도를 뒤흔들 수 있는 쟁쟁한 특급 선수가 꽤나 많았다.

차이와 장양을 제외해도, 신지호나 최영준도 이미 아는 사람은 다 아는 특급 실력자였다.

주다나 존 같은 선수도 꽤나 매력적인 옵션.

한국 팀들의 약한 자금력에 비해 그런 좋은 선수들이 꽤 많으니, 한국 선수들의 행보를 지켜봐야 할 필요가 있었다.

'카이저가 온 뒤로 다른 한국 선수들도 해외 진출을 적극 고려하게 되었으니까.'

그리고 가장 많이 진출할 곳은 바로 중국.

이미 이신으로 인해 한국 팬들의 관심이 중국에 많이 모아진 까닭이었다.

한국 선수들의 러시로 인해 중국 프로리그의 판도에 큰 변화가 생길 수 있었다.

이번 이적 시즌에서 방심하고 있다가는 SC스타즈도 순식간에 일인자의 위치가 위험해질 수 있었다.

*   *   *

하지만 이적 시즌을 호시탐탐 기다리던 전 세계 강팀들의 기대는 일찌감치 꺼져 버렸다.

차이와 장양이 수많은 이적설에 대하여 입장을 똑똑히 밝힌 것이다.

"내년 그랑프리까지는 팀에 잔류할 생각입니다. 장양도 저와 같은 생각입니다."

한국 프로리그 포스트 시즌이 모두 끝났다.

올도어SCC는 쌍성전자를 꺾고 최종 우승을 했다.

축제가 벌어진 자리에서 포스트시즌 MVP에 선정된 차이가 무대에서 직접 인터뷰를 통해 의사를 밝혔다.

"선생님이 계시는 중국에 가는 방향도 긍정적으로 검토하고 있었습니다. 하지만 그보다 더 재미있는 생각이 떠오르더라고요."

차이는 웃으며 말을 이었다.

"선생님과 박영호 선수가 있는 SC스타즈가 현재 다음 그랑프리 단체전 금메달의 유력한 후보라고 하더라고요. 그래서 우리도 한번 도전해 보려고요. 세계 무대에서 선생님과 대결을 하는 게 더 재미있을 것 같지 않나요?"

이신의 마지막 목표였던 단체전 금메달을, 이신이 민든 올도어SCC로 이루어보겠다는 야심찬 포부였다.

제자들이 모두 모인 올도어SCC가 SC스타즈로 간 이신의 앞길을 한번 막아보겠다는 당돌한 각오였다.

한국으로서는 한국 e스포츠를 대표하는 스타들이 줄줄이 해외로 떠날 기세라 걱정했던 차에 참으로 다행스러운 소식이 아닐 수 없었다.

당연히 주디와 존도 모두 올도어SCC에 남기로 했다.

"이제 슬슬 한국이 e스포츠 종주국의 지위를 되찾을 때가 되었습니다. 우리가 내년 그랑프리에서 세계 최고의 팀이 된다면, 저는 그 꿈을 이루어준 선수들에게 세계 최고에 걸맞은 대우를 해줄 생각입니다."

팀의 단장을 역임하고 있는 지수민 부사장의 발언이었다.

그로서 SC스타즈는 세계 제패의 꿈을 위협할 또 하나의 강적을 갖게 되었다.

올도어SCC는 선수들을 지켰지만, 쌍성전자는 아니었다.

신지호는 물론이고 최영준까지 해외 진출을 모색하기 시작한 것이다.

두 사람은 당연히 이신이 있는 중국을 우선적으로 모색했다.

이신 때문에 한국 팬들이 중국 리그에 관심이 많이 생겼으므로, 중국으로 진출하는 편이 인지도를 유지하기에 유리했다.

물론 몸값도 다른 지역보다 중국 팀들이 높게 불렀고 말이다.

이윽고 이적 소식이 터지기 시작했다.

[신지호, 상하이 게이밍 이적 확정!]

[신지호, SC스타즈의 라이벌인 상하이 게이밍의 품으로]

[신지호 "중국에서 기필코 이신 꺾을 것"]

[상하이 게이밍 "신지호의 합류로 후기 시즌 우승 가능해졌다"]

차이와 장양을 노리고 있었던 상하이 게이밍이 신지호를

영입해 버렸다.

두 사람이 이적 의사가 없음을 일찌감치 밝히자 재빨리 신 지호로 방향을 선회한 것.

이어서 또 다른 중국 팀이 또 하나의 대어인 최영준을 데려 갔다.

['광기신족' 최영준, 상하이 텐화 게임단으로]

중국 최고의 팀 중 하나였으나, 현재 상하이 게이밍과 SC스 타즈라는 양대 산맥에 가로막혀 우승에 인연이 없었던 상하 이 텐화 게임단이 최영준을 영입했다.

그밖에도 중국 팀들이 활발하게 이적 시장을 누비고 다녔나.

SC스타즈를.

특히 이신을 막아야 한다는 과제를 해결하기 위해서였다.

그게 다 이신이 중국에서 워낙 괴물 같은 활약을 펼친 까 닭이었다.

그래서 사람들은 이신이 제2의 전성기를 맞이했다고 말했 다.

중국에서도 성공적으로 모든 우승컵을 다 손에 넣었으며, 내년에는 손에 넣지 못했던 유일한 물건인 단체전 금메달까지 노리는 이신.

소득 측면에서도 이신은 오히려 예전을 한참 능가하는 전성기를 누리고 있었다.

＊　　　　＊　　　　＊

'이제 마계에 집중할 수 있겠군.'

이신은 프로리그와 베이징 슈퍼리그 등 일정이 바쁜 탓에 한동안 마계에 가지 못하고 게임에 집중해야 했다.

안 그래도 정신이 없는데, 마계까지 왔다 갔다 하면 더 정신 사나워지기 때문이었다.

그래서 한가해질 때까지 선수 생활에 집중하기로 했고, 이제야 비로소 한숨을 돌렸다.

광고나 인터뷰 등을 일절 잡지 않고 일정을 비워둔 이신은 이제 마계에 집중하기로 했다.

서열전에 집중하여서 서열을 꽤 많이 올려둔 뒤에, 현실 세계로 돌아와 남은 휴가 기간 동안 쉬면서 적응 훈련을 할 생각이었다.

'기대된다.'

다음에 만날 계약자는 과연 전장에서 어떤 모습을 보여줄지 기대되는 이신이었다.

제5장

새로운 풍조

마계에 온 이신은 일단 자신의 상태를 점검했다.

[마력: 49,154/49,154]

마력량은 전보다 줄었지만 대신 권속 중 질 드 레와 콜럼버스 두 사람이 상급 악마가 되었다.

질 드 레야 평소에 연습을 도와줄 뿐 서열전에서 직접 활약하지는 못하지만, 콜럼버스는 상급 악마가 되면서 체력과 민첩성이 상승해서 정찰이 더욱 용이해졌다.

맷집이 좋아지고 상대의 공격에 더 재빨리 반응하니 콜럼버스가 정찰 도중에 죽을 일이 더욱 줄어든 것이다.

어쩌면 가장 험난한 일을 수없이 해온 터라 관록까지 붙은 콜럼버스는 이제 피하고 내빼는 능력은 독보적인 수준이 되었다.

"자, 자! 맞춰봐!"

콜럼버스가 이리저리 움직이며 큰소리를 쳤다.

로흐샨은 화살을 활시위에 걸고 당기며 입맛을 다셨다.

"그러다 다쳐도 내 책임 아니외다."

"안 맞으니까 걱정 마."

"그렇게 말하면 또 내가 자존심 상하는데?"

"응? 눈빛이 진지하게 변했는데? 정말로 진지하게 날 죽이려 하지는 말고."

"받으시오!"

로흐샨이 화살을 쐈다.

"으악!"

콜럼버스는 잽싸게 몸을 굴러 피했다.

가까스로 빗나갔는데 가만히 있었으면 정말 머리가 꿰뚫렸을 터였다.

"지, 진짜 죽이려고 했어?!"

"어허, 봐주고 있는 것이오. 이것도 피해보시오."

로흐샨은 계속 화살을 쐈고 콜럼버스는 오두방정을 떨면서도 곧잘 피했다.

"쟤들 뭐 하는 거야?"

이신이 묻자 이존효가 피식 웃으며 말했다.

"자기 딴에도 수련을 하겠답시고 저러는 겁니다."

이신은 가만히 그들이 하는 양을 지켜봤다.

"활이 겨누는 방향을 보고 피하시오. 날아오는 화살을 보고 피하는 게 말이 되오?"

"피하고 있잖아!"

"쯧쯧, 내가 마음만 먹으면 몸통 정도는 맞히겠소. 어디로 피할지 준비 동작으로 뻔히 보여주지 말고 상대와 심리전을 하는 것이 중요하오."

"맞힐 수 있으면 맞혀봐!"

"안 되겠군. 역시 몸으로 직접 체험해 봐야 수련이 되겠어."

로흐샨은 갖고 있는 화살들의 촉을 뽑아 제거했다.

콜럼버스의 얼굴에 슬슬 불안한 기색이 역력했다.

그 뒤로 콜럼버스는 로흐샨이 쏜 화살에 잇달아 맞아 비명을 질러야 했다.

촉이 없어도 몸에 화살이 꽂혔는데, 그럴 때는 이신이 치유 능력으로 고쳐주었다.

"호오, 주군께서 계시니 마음 놓고 쏠 수 있겠군."

"얼굴은 안 돼!"

엄살을 피우긴 해도, 역시나 콜럼버스는 잽샸다.

"근데 이 거리에서 화살을 피하다니, 제법이군요."

"역시 상급 악마가 되어서 그런가?"

이준효와 서영이 한마디씩 하며 칭찬했다.

저 방면에서는 점점 대가가 되어가는 콜럼버스였다.

'다들 나름대로 준비를 잘하고 있군.'

이신은 만족감을 느꼈다.

이제부터는 본격적으로 정상을 향해 달려야 했다.

위로 올라가면 이신을 당황하게 만들 만한 실력자들도 출현할 터였다.

이신도 이신이지만, 사도들도 예전보다 나은 실력을 갖추지 못하면 이신의 발목을 잡을 우려가 있었다.

'다음 상대는 원숭환인가.'

바로 위인 서열 16위의 악마군주는 이포스.

그 계약자는 바로 축제 때 만났던 명나라 말의 명장 원숭환이었다.

악마군주 이포스는 축제가 끝난 뒤에 15위로 한 계단 더 상승했었다.

얼마 전까지 15위를 계속 유지하고 있어서 원숭환이 다음 상대라고 생각지 못했었다.

그런데 오늘 마계로 돌아와 보니 원숭환이 다시 16위로 내려앉았다는 소식이 들린 것이었다.

'그때도 16위였으면 블라드와 비스마르크를 꺾었을 때 내친 김에 같이 격파해 버리는 거였는데.'

블라드 드라큘레아와 겨루면서 이미 드워프에 대비한 연습을 충분히 해둔 상황.

때문에 같은 드워프인 비스마르크도 꺾어버렸는데, 그때 원숭환이 16위였다면 또 도전했을 터였다. 어차피 같은 드워프라 달리 준비할 필요도 없으니 말이다.

'그랬으면 시간 낭비도 없었을 텐데 아쉽군.'

지금은 현실 세계에서 선수 생활에 집중하느라 서열전 감각이 약간 떨어진 상태였다.

다시 드워프를 상대로 한 연습을 해야 한다고 생각하니 약간 시간이 아까워졌다.

이미 지금도 마계 사상 전례 없는 스피드로 17위까지 치고 올라온 것임에도 만족을 모르고 시간 낭비를 따지는 이신이었다.

아무튼 생각난 김에 이신은 즉시 블라드를 초대했다.

블라드는 초대를 받고 곧장 찾아왔다.

오랜만에 본 블라드는 심기가 영 불편해보였다.

이신은 무슨 일인지 짐작할 수 있었다.

"실패했군요?"

"그렇다네."

그랬다.

블라드는 야심차게 다시 도전했지만 끝내 비스마르크를 꺾지 못한 것이다.

왜냐하면…….

"제13 전장을 고를 줄이야."

비스마르크가 새롭게 꺼낸 전략 콘셉트 때문이었다.

시작 지점이 많고 드넓은 제13 전장 그레이어스에서 철저히 장기전을 노리는 전략.

그리고 생산 및 개발 속도를 일시적으로 높이는 능력을 활용하여서 보다 빠른 마력석 채집장 확장!

그렇게 차근차근 우위를 지켜나가는 비스마르크의 전략은 제법 훌륭했다.

근접전 위주의 빠른 속공을 노린 블라드와 치열하게 접전을 펼쳤다.

서로 거리가 멀었을 때는 비스마르크가 이겼고, 가까운 거리에서는 블라드가 이겼다.

그러다가 결국 블라드 측이 먼저 백기를 걸고 물러났다는 것이었다.

"근본적으로 장기전 양상이 되어도 그 늙은이를 꺾을 수 있는 전략을 세워야겠더군."

"비스마르크도 그 점을 충분히 예상하고 새로운 전략을 또 구상할 테지요."

"그렇겠지. 그럼 나는 또 그걸 타파할 새 전략을 또 짜야 하고. 그게 고약스러운 점이야."

결국 계약자들의 경쟁은 한두 판의 서열전으로 끝나는 게 아니었다.

끊임없이 서로를 이기기 위해 새로운 전략을 개발해야 했다.

거기서 도태되면 서열도 추락하게 되는 길고 혹독한 싸움인 것이다.

"그보다 이상하다는 생각이 안 드나?"

"무엇이 말입니까?"

"제13 전장 말일세."

블라드가 계속 말했다.

"축제 때 3 대 3의 대결을 위해서 마련된 전장 아닌가. 그런데 축제가 끝난 지금도 계속 그 전장이 유지되고 있단 말일세."

그 말을 들으니 확실히 그랬다.

시작 지점이 8군데나 되는 전장을 일대일 대결에서 쓰일 필요가 없었다.

"하지만 굳이 전장을 없앨 이유도 없지 않습니까?"

이신의 말에 블라드가 고개를 저었다.

"그보다 더 희한한 점은 바로 72악마군주의 축제일세."

"……?"

"나도 제법 오랜 기간 계약자로 지내왔지만, 여태껏 그런 축제가 열린 적은 한 번도 없었네. 들어보니 그 이전에도 없었다는군."

"그건 들었습니다."

나폴레옹도 다수 대 다수의 서열전은 처음이었다고 했다.

"단순히 일회성 축제로 끝나 버릴 수도 있겠지만, 나는 그렇게 생각하지 않네."

다수 간의 대결이라는 새로운 개념이 도입된 축제.

그리고 지금도 계속 유지되고 있는 제13 전장 그레이어스.

"내 생각에는 2 대 2, 혹은 3 대 3의 대결이 앞으로의 서열전에서 도입되는 게 아닌가 하는 생각이 드네. 그걸 처음 시범 차원에서 도입된 것이 바로 일전의 축제였던 것이고."

"만약 그렇게 된다면 상당한 변수가 발생하겠군요."

이신의 말에 블라드는 고개를 끄덕였다.

"애당초 72악마군주의 축제도 그런 의도가 포함되어 있었다고 보네. 자네처럼 극심한 서열 변동을 보이는 이도 있지만, 대체로 악마군주들의 서열은 오랫동안 큰 변화가 없이 굳혀져 있었네. 축제는 그걸 타파하고 기존의 서열을 뒤흔든 이벤트였지."

이신은 블라드의 말을 곰곰이 생각해 보았다.

만약 서열전에서 2 : 2, 3 : 3, 4 : 4 같은 대결이 가능해진다면 어떨까?

혼자의 힘만 가지고는 이길 수 없다.

축제 때 경험했듯 싸움 중에 수많은 변수가 발생한다.

실력이 떨어진다 해도 팀워크가 좋으면 충분히 상대를 꺾을 수 있다.

결론은 간단했다.

이전보다 훨씬 치열해진다!

나폴레옹도 더 이상 기존의 방식만 가지고는 알렉산드로스로부터 서열을 지킬 수 없게 된다.

계약자들 간의 협조와 유대가 더 요구될 것이고, 1위부터 72위까지 엄청난 서열의 변화가 일어날 것이다.

'서열전의 본래 취지를 생각해 보면 충분히 가능한 이야기다.'

혼자 잘한다고 이길 수 없는 게 전쟁이었다.

천하의 나폴레옹도 수족이 되어서 그 탁월한 전략을 실행해 주는 유능한 원수들이 있었다.

축제 때 느꼈듯이 계약자 간의 협조와 팀워크로 전쟁에서 승리하는 구조로 서열전을 개편하려는 움직임이 있는 게 아닐까 싶었다.

'일대일이 더 편하지만 만약 그렇게 바뀐다면 대비를 해야 한다.'

실력 면에서는 누구에게도 지지 않을 자신이 있는 이신이었다.

하지만 다수 대 다수라면 이신 혼자서 날고 긴다 해도 이긴다고 장담할 수 없다.

만약에 블라드의 예견이 적중한다면, 서열 1위를 노리는 이신에게 한 가지 과제가 더 주어지는 셈이었다.

하지만…….

'그것이 나에게는 기회가 될 수도 있지.'

위에 있는 16명을 단시간에 모조리 제쳐 버릴 수 있는 지름
길이 될 수도 있는 거였다.

*   *   *

'드디어 그자가 여기까지 왔군.'

원숭환은 축제 때 만났던 계약자 이신을 떠올렸다.

잊을 수가 없었다.

중요한 순간마자 활약을 떨쳐서 자신의 전략을 무효화시켰
으니까.

원숭환의 생각대로 구도가 만들어졌음에도, 전투가 시작되
자 이신의 병력이 예상치 못한 활약과 날키로운 기동을 펼쳐
승패를 결정지었다.

아직도 잊을 수 없었다.

병사들이 한 몸처럼 일사불란하게 움직이며 한 치의 오차
도 없이 치밀하게 목적을 수행하는 모습을.

계약자가 병사 하나하나를 일일이 조종하지 않는 이상 그
럴 수 없었다.

게다가 마법사들로 하여금 단번에 전장을 불바다로 만들어
버린 솜씨는 어떠한가.

'나는 나폴레옹보다 그자가 더 두렵다.'

체계적인 병력 배치와 탄탄한 전략을 기반으로 한 철통같

은 방어 태세.

그런 원숭환에게 가장 두려운 상대는 이신 같은 타입이었다.

계획대로 되었음에도 막상 전투가 벌어지면 예상치 못한 변수를 만들어 버리는 신묘한 용병술!

마법사로 대군을 단숨에 불태워 버린 솜씨도 두렵고, 최근들어 드워프 계약자들을 상대로 연전연승을 거둔 전적도 두려웠다.

'하지만 그동안 나 또한 가만히 있었던 게 아니다.'

순순히 패배를 헌납할 원숭환이 아니었다.

살아생전에도 누르하치의 16만 대군을 상대로 한 치의 물러섬 없이 영원성에서 맞서 싸워 격파했던 영웅이었다.

'너를 상대로 내 역량을 시험해 보겠다. 그리고 최대한 많이 싸워보고 너를 배우겠다.'

원숭환은 이신이 서열전의 새로운 풍조(風潮)를 가져올 거라고 생각했다.

그건 원숭환뿐만이 아니라, 축제에 참가했던 많은 계약자들이 인정하는 바였다.

서열 1위의 대 악마군주 아가레스조차도 인정한 실력자.

이보다 더 위대한 적수가 없었다.

원숭환은 이신에게서 최대한 많은 것을 배울 참이었다.

그레모리로부터 영지를 방문하겠다는 통보를 받은 악마군주 이포스는 계약자 원숭환을 불러들여 서열전을 준비시켰다.

사자의 몸뚱이에 오리의 머리와 다리를 가졌으며, 꼬리는 토끼를 닮은 괴이한 짐승.

악마군주 이포스는 원숭환과 처음 만났을 때처럼 해괴한 모습을 띤 채 어슬렁거리고 있었다.

"준비는 충분히 됐느냐, 나의 계약자여?"

"내 최선을 다해 준비를 했다."

원숭환이 대답했다.

"오늘은 유독 힘든 싸움이 될 것이다."

"알고 있지. 그나마 우리가 도전을 받는 쪽이라 다행이야. 전장을 선택할 권리도 없었다면 더 힘들었을 테니까."

도전하는 쪽은 상대가 어느 전장을 선택할지 모르니 모든 전장에 대비하여 준비해야 했다.

그래서 상대의 전략에 허를 찔려 무릎 꿇는 경우는 주로 도전자 쪽에서 많이 당할 수밖에 없다.

하지만 원숭환은 이신과의 결전에 대비하여서 비교적 정공법을 준비했다.

도박 같은 깜짝 전략을 써먹어 한 번은 이길 수 있을지도 모른다.

하지만 이곳은 한차례의 서열전으로 승부가 판가름 나는 하위 서열이 아니었다.

상대의 도전 의지가 꺾이거나 도전 자격을 상실할 때까지 몇 판이고 계속 싸워야 했다.

똑같은 기책(奇策)에 계속 당해줄 리도 만무하고, 결국은 몇 판을 해도 흔들림 없는 기본 전략이 중요하다고 원숭환은 판단했고, 그것이 사실이었다.

'이신, 너를 위해 방어 위주였던 나의 기본 전략을 수정했다. 축제 때 봤던 내 모습만 생각한다면 큰코다칠 것이다.'

원숭환은 그 뒤에 발터 모델 팀을 상대로도 싸워 이겼던 이신의 축제 때 활약상을 전해 들었다.

그리핀 편대로 공중전을 벌여 드워프만 셋이었던 무지막지한 방어력을 가진 발터 모델 팀을 공략했다고 들었다.

어찌 되었든 방어만 하고 있어서는 이신을 이길 수 없다는 뜻이었다.

'내가 먼저 압박을 가하여 활동 반경을 제한시키지 않으면 맹금(猛禽)을 하늘에 풀어주는 것과 같다.'

그렇게 원숭환이 다짐하고 있을 때, 악마군주 이포스가 말했다.

"두 가지 방책이 있지. 어떻게든 이기거나, 피해를 최소화한 채 16위를 내주는 것."

"피해를 최소화한다라……."

"그레모리는 178만 4천 정도이고, 내 마력은 182만이지. 2만 마력 정도만 헌납해도 16위를 내주는 선에서 끝낼 수 있다는 뜻이야."

"그건 좀 굴욕적이지 않나. 2만 마력을 베팅한 순간 이미 적에게 고개를 숙인 채 싸움을 시작하는 셈이니까."

"흥, 물러날 때도 알아야 한다는 뜻이다. 밑 서열에 있는 악마군주들 중에 그런 방법으로 그레모리를 올려 보낸 녀석이 한둘인 줄 아나?"

지금 마계에서 그레모리와 이신 페어는 기피 대상이었다.

무려 나폴레옹과 한 팀에 있었으면서도 존재감을 잃지 않고 오히려 독보적인 활약을 떨쳤다.

나폴레옹의 라이벌인 알렉산드로스의 팀을 상대로 겨뤘을 때도 마찬가지로 모두가 놀랄 활약을 했다고 했다.

그 실력은 진짜였다.

적어도 10위 안의 계약자들이 아니면 당해낼 수 없을 거라고 입을 모아 말하는 실력자가 이신이었다.

하지만······.

"5만."

원승환이 말했다.

이포스는 눈살을 찌푸렸다.

"그렇게 베팅해서 지면 마력을 헌납해야 하는 건 나다. 너무 무책임하게 큰소리치는 것 아니냐?"

"내가 무책임한 성품의 소유자라고 생각하나?"

"물론 그건 아니지."

이포스는 순순히 인정했다. 처음 봤던 때부터 원승환은 대단히 책임감이 강한 인물이었다.

이제 오랫동안 마계에서 지내며 상급 악마가 된 지금도 그러한 기본적인 성품은 변하지 않았다.

"낮게 부르면 이미 우리가 패배를 염두에 두고 있다는 뜻이 된다. 싸우기도 전에 기세에서 지고 들어가게 할 셈인가?"

"상대가 방심해 주면 그건 그것대로 좋은 게 아니냐?"

원숭환은 고개를 저었다.

"그 정도로 순순히 방심해 줄 정도로 속편한 상대가 아니야. 만약 우리가 2만 마력을 베팅하면 너무 많은 것을 알려주는 꼴이 돼."

"무슨 뜻이지?"

"한 판만 싸우고 지면 끝낼 거라고 상대에게 알려주는 꼴이다. 내가 준비한 노림수가 많지 않다고, 저쪽에서 생각할 테지. 당연히 더 과감해진다."

"……"

"조심하려고 위축되지 않고 과감한 기동을 펼칠수록 녀석은 더 강해질 터."

"그래서 5만인가."

"그렇다. 내가 무언가 준비한 한 수가 있다고 긴장하게 해야 한다. 방어적인 태도로 관망하게 해야 해."

"흐음……"

그 말에 악마군주 이포스는 여러 가지 생각을 했다.

어마어마한 마력을 지녔어도, 자기 마력을 조금도 잃고 싶어 하지 않는 악마의 습성.

사실 이포스에게 중요한 것은 오직 존재의 근원인 마력을 많이 갖는 것뿐!

상대에게 얕보이니 자존심이 상하니 하는 것은 아무래도 좋았다. 이포스뿐만 아니라 악마들은 원래 그랬다. 모든 사고 방식의 기준이 마력이었다.

'어쩔 수 없나.'

그렇지만 자신의 계약자가 강력히 요구하는 사항을 무시하기 어려웠다.

원숭환의 눈치를 보는 게 아니라, 그가 원하는 싸움을 하게 해주어서 보다 많은 경험과 실력을 쌓길 바라는 마음이었다.

'그렇지 않아도 마계의 분위기가 뒤숭숭한데……'

지금껏 한 번도 없었던 72악마군주의 축제.

그리고 여전히 개방되어 있는 제13 전장 그레이어스의 존재에 대해 의구심을 품는 건 블라드 드라쿨레아뿐만이 아니었다.

그것뿐만이 아니다.

축제를 계기로 계약자들의 커뮤니케이션이 엄청나게 활발해졌다.

폐쇄적이었던 계약자들이 서로 친분을 다지고 모의전도 하면서 연구하고 실력 향상을 꾀하기 시작했다.

이 같은 현상은 전에 없던 일이었다.

즉, 마계가 변화하기 시작한 것이다.

이 같은 현상은 필시 마신이 의도한 안배 중 하나일 터.

여러 가지 생각 끝에 이포스가 문득 질문을 했다.

"전에 축제 때 한편이었던 계약자들에 대해 어떻게 생각하나?"

"하트셉수트와 동탁 말인가? 일장일단(一長一短)이 있었지. 장점이 있는 만큼 단점도 확고했어."

"만약에 전의 축제가 또 벌어진다면 그때도 한편이 되고 싶다고 생각하나?"

"그럴 리가. 직접 겪어봤다시피 그 두 사람 가지고는 최종 승자가 되기 어렵다."

"하지만 넌 여전히 그 두 사람과 교류를 하고 있지."

"모의전 상대가 필요하니까."

하트셉수트와 동탁은 축제가 인연이 되어서 계속 만나며 모의전을 치르고 있었다.

요번에도 이신과의 일전에 대비하여서 하트셉수트와 모의전을 했었다.

'한참 부족했지만.'

하트셉수트는 영리한 판단과 운영을 하지만, 전투에서 단점이 극명했다.

날카롭게 승리의 핵심을 파고들어 공략하는 이신의 파괴적인 공격성이 그녀에게는 없었다. 동탁은 그 반대이고 말이다.

"그렇다면 이신은 어떠냐?"

"뭐라고?"

원숭환의 표정이 변했다.

"만약 네 편에 이신이 있었다면 어땠을 것 같으냐는 말이다."

"그야 당연히……."

훨씬 나은 싸움을 할 수 있었을 것이다.

그때 나폴레옹의 오더와 전략은 상대해 볼 만했다. 특별히 원숭환이 오판을 한 부분도 없었다.

언제나 예상 못 한 변수는 전투에서 미친 활약을 벌인 이신이었다.

그런 이신이 한편이면 당연히 훨씬 좋은 활약을 펼쳤을 것이다.

'반대로 나폴레옹도 이신이 없었더라면 알렉산드로스를 이기지 못했을 테고.'

"좋아, 결정했다."

이포스가 입을 열었다.

"5만을 걸지. 대신 최선을 다해라."

"당연한 소리를."

"이기든 지든 절대로 허망한 대결이 되지 않게 하라는 뜻이다."

"……?"

이포스의 말은 뜻밖이었다.

졌지만 잘 싸웠다는 말처럼 허망한 게 없었다. 특히 악마인 이포스에게는 더욱 그러할 터였다.

이포스는 히죽 웃더니 가까이 다가와 속삭이듯이 말했다.

"잘 들어. 앞으로 마계는 크게 변할 거야. 이미 축제 이후로 변화는 시작되고 있어."

"변화……."

"앞으로 계약자들과 많이 교류하는 편이 좋을 거다. 특히 이신 같은 실력 있는 계약자와는 말이지."

"…그건 나름대로 자각하고 있었던 문제이긴 하지."

요번에 하트셉수트와 모의전을 하면서 부족함을 느꼈다.

그런 인연은 많이 만들어둘수록 좋았다.

"한마디로 뛰어난 실력을 보여주어서 교류하라는 뜻이로군. 마치 심사를 받는 기분이군."

원숭환은 쓴웃음을 지었다.

잠시 후, 마력의 파동이 느껴졌다.

파앗!

일그러진 공간에서 나타난 두 인영은 그레모리와 이신이었다.

원숭환은 이신을 쳐다보았다. 서로 눈이 마주치자 이신은 까닥 고개만 숙여 알은체를 했다.

곧 싸울 상대라 그 이상 서로 말을 섞거나 하지는 않았다.

'이제는 그때와 분위기가 다르군.'

원숭환은 이신에게서 축제 때 없었던 위압감을 느꼈다.

그때보다 훨씬 강력한 마력이 느껴진 탓이 가장 컸다.

하지만 그 외에도 그때와 지금의 이신은 위치가 달랐다.

예전처럼 한참 낮은 서열이 아니라, 이제는 원숭환이 본 가장 위협적인 강력한 도전자였다.

'위압감만큼 실력도 그때보다 더 늘었겠지?'

두렵지만 한편으로는 기대도 되었다.

나라에 충정을 다 바쳤던 명장 원숭환.

하지만 그 이전에 그는 병서를 좋아하고 전쟁에 비상한 관심을 보였던 호기심 많은 청년이었다.

그래서 악마군주 이포스가 들려주는 마계의 싸움에 귀를 기울이고 강한 유혹을 느낄 수밖에 없었다.

자신의 선택으로 뛰어든 마계였다.

서열전을 즐기고, 지지 않기 위해 밤낮을 지새워 연구하는 열정이 있었다.

'질 생각은 절대로 없단 말이다.'

원숭환은 고도로 집중했다.

오직 곧 벌어질 서열전을 머릿속에 시뮬레이션을 돌리고 또 돌렸다.

이신도 심상치 않은 원숭환의 눈치를 보더니 역시나 말없이 명상을 했다.

'이제부터가 진짜로군.'

원숭환부터는 72악마군주의 축제에서 팀을 이끄는 리더였다.

비유하자면 지금부터가 16강 본선!

원숭환부터는 진짜 경시할 수 없는 실력자들이었다.

지금까지와는 달리, 언제든 이길 수 있다고 장담할 수 있는 상대가 아니라는 뜻이었다.

'이제부터는 나도 진지하게 가주지.'

지금까지는 아마추어를 대하는 프로의 심정이었다.

어떤 생각을 하고 있으며, 어떤 점이 부족한지 프로의 눈으로 훤히 꿰뚫듯이 했다. 마치 같은 팀의 까마득한 후배 연습생을 바라보는 듯한 기분이라고나 할까?

하지만 지금부터는 이신도 긴장을 했다. 이제부터는 가벼운 마음으로 임할 수 없었다. 그렇게 생각하는 편이 옳았다.

"마력은 5만, 전장은 데스트가 좋겠군."

이포스가 제6 전장 데스트를 언급하자 이신은 눈을 빛냈다.

'서열전에서는 처음 해보는 전장이군.'

모의전으로는 많이 치러봤지만, 실전이라 할 수 있는 서열전에서는 오늘 처음 해보는 이신이었다.

시작 지점이 12시와 6시 두 군데밖에 없는 2인용 전장으로, 드워프와 휴먼이 붙으면 필히 남북 전쟁의 구도가 된다.

이신은 의식하지 못했지만 입가에 희미한 미소를 띠고 있었다.

과연 원숭환은 제6 전장 데스트를 어떤 관점에서 보고 분석했을지, 자신의 분석과 어떤 차이가 있을지 강한 흥미가 든 것이다.

서열전이라는 게임을 몹시 좋아하는 어린아이의 모습이었다.

제6장

포격

　서열전 시작 후 초반, 먼저 공세를 보인 쪽은 원숭환이었다.

　꽤 일직 소환된 드워프 총수 1명이 시작부터 이신의 앞마당에 나타나 압박을 넣기 시작했다.

　이신도 비슷한 타이밍에 궁병 사도 로흐샨이 소환되어서 수비를 했지만, 드워프 총수가 계속 사거리 안팎으로 드나들며 신경을 건드렸다.

　'적당히 견제만 해. 서로 공격을 교환하면 이쪽이 대미지를 더 받는다.'

　"알고 있습니다."

　로흐샨은 충실히 대답하며 드워프 총수와 신경전을 벌였다.

드워프 총수의 총이 무기 개발이 안 된 궁병의 활보다 대미지가 월등하기 때문에 로흐샨은 매우 신중했다.

그래도 견제 삼아 화살을 쏘는 로흐샨의 활 솜씨가 꽤나 정확하여서 드워프 총수도 그 강함을 믿고 함부로 들어오지는 못했다.

같은 시각, 콜럼버스는 정찰을 떠나 전장의 중앙을 지나고 있었다.

이신의 시작 위치는 6시.

콜럼버스는 12시에 있는 게 틀림없는 원숭환의 본진으로 향했다.

위치는 알고 있지만, 원숭환이 무엇을 하는지 체크하지 않으면 위험할 수 있었다. 종족 특성상 초반에 조심해야 하는 쪽은 휴먼이니까.

그때였다.

[적이 출현했습니다.]

"이크!"

콜럼버스는 중간에 드워프 총수를 발견했다.

보자마자 즉시 방향을 전환, 다행히 드워프 총수는 콜럼버스를 발견 못 한 눈치였다. 콜럼버스의 관찰력과 빠른 대응이 빛을 발한 순간이었다.

콜럼버스는 인근에 숨었고, 드워프 총수는 그대로 이신의 진영이 있는 6시를 향해 지나갔다.

이를 보며 이신은 생각했다.

'드워프 총수를 2명까지 소환했군. 초반부터 날 더 압박할 생각인가 본데, 그럼 더 소환했겠군.'

드워프 총수가 지나가자 그제야 콜럼버스는 다시 나와 12시로 향했다.

그런데 그때였다.

인기척을 느낀 콜럼버스가 급히 뒤를 돌았다.

방금 지나갔던 드워프 총수가 다시 돌아와 콜럼버스에게 총을 겨누고 있었다.

탕!

"헉!"

간발의 차이였다.

콜럼버스는 재빨리 몸을 날려 사격을 피했다. 평소 수련의 성과였다.

압박하러 6시로 향했던 드워프 총수가 왜 돌아왔을까?

이신은 금세 파악했다.

'발견 못 한 게 아니군. 못 본 척 그대로 지나가 퇴로를 차단했어.'

이신도 속았을 정도이니 원숭환의 재치가 제법이었다.

콜럼버스는 재빨리 12시로 달렸다.

달리는 속도가 헬하운드와 맞먹는 콜럼버스. 당연히 느린 드워프 총수는 가뿐하게 따돌렸다.

전장을 오른쪽 길로 우회하여서 원숭환의 본진을 향해 접근하던 찰나였다.

[적이 출현했습니다.]

또다시 드워프 총수가 나타나 길을 가로막았다.

최소 3명까지 드워프 총수를 소환한 것이다.

'빠져!'

이신의 지시에 콜럼버스는 재빨리 뒤돌아 도망쳤다.

하지만 아까 맞닥뜨렸던 드워프 총수가 퇴로를 가로막있다. 콜럼버스를 구석으로 몰아 사냥하겠다는 의도였다.

'오른쪽!'

콜럼버스는 이신의 지시대로 달렸다.

3시 구석까지 도망쳐서 절벽에 가로막혔을 때, 다시 지시가 떨어졌다.

'블링크로 절벽을 건너뛰어.'

"옛!"

파앗!

콜럼버스는 블링크를 쓴 뒤에야 간신히 몰이사냥에서 탈출할 수 있었다.

원숭환의 진영을 앞마당조차 구경 못 하고 블링크를 써먹어 버린 것이다.

'용의주도한 면모부터가 지금까지 본 계약자와 다르군.'

이윽고 드워프 총수 3명은 이신의 앞마당에 나타나 압박을 재개했다.

콜럼버스를 몰아넣었던 2명은 처음부터 정찰을 차단하려고 그곳을 지키고 있던 게 아니었다.

6시로 향하는 길에 염탐하러 오는 노예를 만나면 쫓아내려고 각기 두 갈래 길로 따로 움직였던 것.

콜럼버스를 몰아넣고 쫓아낸 뒤에는 다시 가던 길로 6시에 나타나 압박에 합류한 것.

시간 낭비 없이 딱딱 맞아떨어지는 동선!

원숭환의 솜씨가 지금까지 겨뤘던 계약자들과는 차원이 다름을 알려주는 단편적인 모습이었다.

하지만 이신은 정찰을 포기하지 않았다.

일단 3시 우회 루트에 콜럼버스가 식량창고를 지어놓았다.

그리고 나서는 9시 우회 루트로 움직여서 원숭환의 12시 진영으로 접근했다.

3시, 9시 길목의 시야를 모두 장악해 둔 것이다.

'아마 상대가 나라는 점에서 부담이 있었을 것이다.'

차근차근 이신은 원숭환의 의도를 논리적으로 유추해 나갔다.

'그러면 확실하게 유리한 초반에 무언가를 해볼 생각이 충분히 들었을 것이다.'

'만약 초반 승부를 위해 비밀리 병력을 모으고 있었다면, 그 병력은 들키지 않고 내 진영 앞까지 접근시키고 싶은 게 당연지사.'

'아까 놓친 콜럼버스에게 포착당할 우려가 있으므로 정면 루트로 당당히 지나가지는 않을 터.'

'즉, 3시나 9시 우회 루트를 지나갈 확률이 높다.'

드워프는 보통의 경우 블라드나 비스마르크처럼 빨리 대포를 소환할 생각부터 하는 게 보통이다.

1, 2명 정도면 몰라도 드워프 총수를 3명까지 소환했다는 것은 심상치가 않았다.

그래서 이신은 일단 병영을 1채 더 지어서 궁병을 더 늘렸다.

그 와중에도 앞마당에서는 드워프 총수 3명의 압박이 거셌지만, 이신은 궁병을 모두 보여주지 않고 절반만 방어에 동원했다.

병영을 늘려 짓고 궁병을 모으는 사실을 굳이 보여줄 생각이 없었다.

대장간도 건설했다.

여기까지는 유추한 사항을 기반으로 한 대비였다.

이제 그 유추가 맞는지 콜럼버스가 확인해 줄 차례였다.

9시 우회 루트로 움직인 콜럼버스가 원숭환의 진영에 도달했을 때였다.

딱 3분이 지났다.

콜럼버스가 다시 블링크를 사용할 수 있는 대기 시간 말이다.

'블링크로 침투해.'

"예!"

시간이 딱딱 맞아떨어졌다.

이신도 초단위로 타이밍을 계산하며 운영을 하고 있었던 것이다.

원숭환의 앞마당 진입로는 드워프 총수 1명이 배치되어서 지키고 있었다.

콜럼버스는 그 드워프 총수와 맞닥뜨리자 과감하게 블링크를 사용했다.

파앗!

블링크로 공간을 건너뛰어 단숨에 지척까지 접근!

당황한 드워프 총수가 급히 총을 쏘려 했지만, 콜럼버스의 순발력이 더 우월했다.

퓩—!

마비침이 적중!

1초간 마비된 드워프 총수를 지나치면서 다시 1발을 더 쐈다. 그렇게 2발을 사용한 뒤 필사적으로 본진을 향해 달렸다.

앞마당에는 역시나 마력석 채집장이 없었다.

확장 대신 병력을 모으고 있었던 것.

이제 어떤 병력을 모았느냐가 관건이었다.

'죽어도 되니 본진으로 들어가.'

"옛!"

콜럼버스는 헐레벌떡 본진으로 달렸다.

타앙!

"컥!"

마비에서 풀린 드워프 총수의 사격.

옆구리에 적중됐지만 상급 악마가 되어 맷집이 강해진 콜럼버스는 무시하고 계속 달렸다.

마침내 본진으로 들어가는 데 성공했다.

"확인했습니다, 주군! 이거 병력이 꽤⋯⋯!"

타앙!

그 말을 남기고 콜럼버스는 살해딩했다.

하지만 콜럼버스를 희생시킨 가치는 충분했다.

드워프 도끼병 3명을 확인한 것이다.

'드워프 총수와 도끼병의 조합이구나. 근데 계산상 병력이 모자란데?'

앞마당에 확장도 하지 않고 병력을 모으는 데 집중했다면, 이보다 더 있어야 했다.

그럼 아직 확인 못 한 나머지 병력은⋯⋯!

[적이 출현했습니다.]

'확인했다.'

이신은 미소를 지었다.

식량창고를 지어놓아서 시야를 확보해 놓은 3시 우회 루트로 드워프 총수들이 지나가고 있는 게 확인되었다.

아마 원숭환도 거기에 지어져 있는 식량창고를 보고 침음을 삼켰을 것이다.

다 확인했으니 이제 거칠 것이 없었다.

대장간에서 무기 개발을 시작했다. 동시에 병영을 하나 더 짓고 방패병을 소환하기 시작했다.

노예 소환을 잠시 중단해 마력을 조절했다.

궁병, 방패병 확보에 열중하면서, 틈틈이 모이는 마력으로 투석기를 제작하기 위한 테크 트리를 밟았다.

거기다가 앞마당에 마력석 채집장을 구축하기 시작!

'먼저 마력석 채집장을 가져갔으니 이번 공격을 막기만 하면 마력량에서 유리해진다.'

'병력 숫자는 모자라도 방어 시설로 커버하면 되고, 투석기가 완성되기만 하면 100% 막았다고 보면 된다.'

상황에 따라 유연하게 시나리오를 만들어 나가는 이신의 완벽한 운영이었다.

이제 원숭환에게도 선택지가 돌아갔다.

이신이 앞마당에 마력석 채집장을 구축하고 있는 건 원숭환도 보고 있었다.

상책과 하책이 있다.

뒤쫓아서 앞마당 확장을 하고 뒤를 대비할 것이냐, 아니면 마력을 다 퍼부어 병력을 끌어모아서 끝장을 볼 것이냐?

'전자를 택한다면 칭찬해 주지.'

*　　　*　　　*

3시 우회 루트로 몰래 병력을 돌려서 진군시키고 있었던 원숭환.

그 3시 길목에 떡하니 건설된 식량창고를 보고, 원숭환은 허를 찔린 기분이 들었다.

들키지 않기 위해 정면보다 3시로 우회시킨 게 허사가 되고만 것이었다.

'이런 곳에 건물을 지어서 시야 확보를 해두다니.'

이 얼마나 대단한 센스인가.

아까 죽인 그 사도는 9시로 우회해서 왔었으니, 정면을 제외한 두 우회 루트를 모두 감시한 셈이었다.

철두철미한 판단!

'과연······!'

다시 한 번 확신할 수 있었다.

그레모리의 계약자 이신이 반짝 활약하고 마는 정도의 그릇이 아닌, 진짜 실력자라는 것을.

'기쁘구나.'

자신이 이겨보려고 필사적으로 달려드는 가치가 충분하지 않은가.

나라도, 백성도 걸려 있지 않은 악마군주들의 경쟁의 유희.

공평한 조건에서 겨뤄지는 순수한 계약자들 간의 솜씨 대결.

원숭환은 거기에 즐거움을 느꼈다.

'초반에 습격하려던 내 의도는 이미 무산됐다.'

확인하기 전부터 이미 이신은 의심을 하고 있었다.

그러니 3시 길목에 건물을 지어 시야 확보를 할 생각을 했으리라.

그렇다면 지금 병력 소환에 마력을 다 써서 승부를 보는 건 좋은 판단이 아니었다. 이신은 의심하고 있었던 만큼, 이미 방어 태세가 되어 있을 테니까.

결국 원숭환의 선택은 앞마당에 마력석 채집장을 구축하는 것이었다.

이신보다 확장이 늦은 탓에 마력량에서 불리해졌지만, 그 정도 차이는 장기전으로 가면 무의미해진다.

드워프와 휴먼의 싸움은 긴 싸움이 되기 쉬웠고, 원숭환도 싸움을 길게 끌고 갈 생각이었다.

그런데…….

'이 정도로 만족할 생각은 없다.'

원숭환은 놀랍게도 1시 지역에 마력석 채집장을 하나 더 구축하기 시작했다.

한 번에 마력석 채집장 2곳을 가져가기로 한 것!

이신보다 확장이 늦은 만큼, 2곳을 한 번에 가져가면 만회하고도 남는다는 생각이었다.

물론 그 2곳을 이신이 가만 놔두느냐가 문제였지만.

'어차피 놈은 지금쯤 투석기를 제작하고 있을 것이다.'

이신이 먼저 투석기를 손에 넣으면, 전력은 원숭환보다 더 우세해진다. 심지어 원숭환은 2곳 확장에 마력을 투자한 탓에 병력이 추가되지 않은 상황.

이신이 이를 눈치채고 역공을 펼친다면 위험해질 수도 있었다.

하지만 원숭환은 이신이 눈치 못 채기를 기도하고 도박을 한 게 아니었다.

'투석기는 분해와 재조립을 반복해야 하는 번거로운 병기지.'

투석기를 분해한 뒤 이동할 때 공격하고, 재조립할 때 후퇴하기를 반복한다.

이 같은 방법으로 저항하면 지금 가진 병력만으로도 충분히 이신의 진격을 저지시킬 수 있었다.

시간만 충분히 끌어주면 원숭환도 대포를 배치하여 방비할 수 있게 된다.

원숭환은 확장과 시간 벌기로 전략의 방향을 선회했다.

'이젠 넌 어쩔 샘이냐?'

이신이 원숭환에게 제시한 선택지.

원숭환은 상책과 하책을 모두 거절하고 기책을 택했다.

이제 선택지는 다시 이신에게 넘어갔다.

원숭환의 군대가 앞마당 앞에 진을 치고 있었다.

위협적인 숫자.

하지만 공격은 없었다.

그냥 그 상태가 지속될 뿐이었다.

'한 번쯤 공격 들어와서 병력을 교환할 생각도 들 텐데?'

저만한 병력을 모아놓고는 공격하기를 포기했다니.

공격 의지를 들킨 까닭에 소용없다고 판단했다면 매우 침착하다.

하지만 단지 그것뿐일까?

'보통 이렇게 나오지 못하게 봉쇄를 하고 있는 건……'

상대의 확장을 억제하고 자신은 확장을 하기 위함이다.

이신은 직감적으로 원숭환의 심리를 알아챘다.

'동시 2확장이군.'

앞마당 확장이 상대보다 늦은 단점을 한 번에 만회하고도 남는 선택지였다.

물론 마력석 채집장을 동시에 2곳이나 구축하니, 거기에 마력을 투자하느라 테크 트리를 올리는 데 늦어진다는 단점이 있다.

'지금 가진 병력으로도 시간을 벌 수 있다 이거군.'

투석기의 기동성이 가진 단점을 파악하고 이런 선택을 한 것이리라.

사실 맞는 판단이긴 했다.

하지만……

'후회하게 해주지.'

이신도 운영에 변화를 주었다.

의도에 맞게 건물을 추가로 건설하며 테크 트리를 올렸다.

*　　　　*　　　　*

시간이 흐르자 원숭환은 의아함을 느꼈다.

'투석기가 이제 나와야 하지 않나?'

지금쯤 벌써 투석기가 전진 배치되어서 앞마당 앞에서 진을 치고 있는 병력을 쫓아냈어야 했다.

그러나 상대는 도무지 감감 무소식.

오히려 봉쇄를 하고 있는 원숭환이 갑갑한 기분이 들었다.

대체 무슨 꿍꿍이일까?

'감춰뒀다가 다수의 투석기를 한 번에 보여줄 참인가?'

충분히 가능한 일이었다.

상대를 방심시켰다가 다수 병력을 일거에 동원해 치고 올라가는 전략.

이런 경우를 수도 없이 본 원숭환이었다.

하지만 그건 너무 뻔한 게 아닌가 싶었다.

단지 그것뿐일까?

'어쩌면 이렇게 나를 혼란케 할 생각인지도…….'

혹시나 싶어서 원승환은 전장 곳곳에 드워프 총수를 보내서 정찰을 시켰다.

혹시라도 이신이 예상치 못했던 곳에서 몰래 마력석 채집장을 구축했을 수도 있으니까.

그렇지 않고서야 지금껏 잠잠한 게 잘 이해가 가지 않았다.

그런데 바로 그때였다.

[적이 출현했습니다.]

메시지를 받은 원승환은 깜짝 놀랐다.

적이 나타난 지점은 이신의 앞마당 쪽이 아니라 전혀 엉뚱한 곳이었다. 정찰을 위해 곳곳에 뿌려놓은 드워프 총수 1명이 적을 맞닥뜨린 것.

그 적은 바로…….

쉬쉬쉭—

[계약자 이신의 사도 중급 악마 로흐샨이 능력 유도 사격을 사용합니다.]

[로흐샨과 가까운 아군 석궁병 10인이 동일한 타이밍에 동

일한 지점을 적중시킵니다.]

6발의 볼트가 일제히 드워프 총수에 명중되었다.

그대로 즉사해 버린 드워프 총수.

그랬다.

그리핀 3마리에 탄 석궁병 6명!

이신은 투석기 대신 그리핀을 소환한 것이다!

원숭환은 낭패를 느꼈다.

본진까지 합쳐서 수비해야 할 마력석 채집장이 총 3곳이었다.

그리핀 편대가 재빨리 누비며 습격할 터인데 그 3곳을 모두 수비하기란 불가능했다.

'내 의도를 알아챈 것이군.'

자신의 확장 의도를 알아채고 그리핀으로 전략을 선회한 것이다.

'봉쇄를 당하고 있는 까닭에 정찰도 못 했을 텐데 내 의도를 알아채다니.'

눈치가 귀신같다고밖에 표현할 길이 없었다.

아무튼 이러면 급해진 쪽은 원숭환이었다.

그리핀 편대에게 피해를 입어 드워프 광부가 다수 살해당하면 마력석 채집장을 하나 더 가져간다 해도 상대적인 이점이 손해로 상쇄된다.

그리고 3곳을 모두 수비하려면 많은 병력이 필요했다.

'어쩔 수 없구나.'

원숭환은 결국 이신의 앞마당 앞에 진을 치고 나오지 못하게 봉쇄하고 있던 병력을 모두 철군시켰다.

후퇴시킨 병력은 세 갈래로 나눠서 3곳을 수비시켰다. 하지만 빠른 속도로 날아든 그리핀 편대의 습격이 한발 앞섰다.

쉬쉭—

"크헉!"

콰콰콱!

"으윽!"

드워프 광부들이 하나둘 살해당하기 시작했다.

이신은 전광석화 같았다.

원숭환의 병력이 수비하러 돌아오는 동안 최대한 많은 피해를 입히기 위해 그리핀 편대를 조종했다.

이신의 지시에 따라 로흐샨은 최단 거리로 최적화된 동선에 따라 원숭환의 진영을 누비며 피해를 입혔다.

원숭환의 병력이 돌아왔을 때는 이미 드워프 광부가 상당히 죽은 뒤였다.

봉쇄가 풀리자 이신은 재빨리 병력을 전진 배치시켜서 방어선을 구성.

그리고 7시 지역에 마력석 채집장을 추가로 건설했다.

이로서 마력석 채집장의 숫자도 똑같은 상태.

앞마당도 먼저 활성화시켰으며, 원숭환이 그리핀 편대에게 받은 피해까지 감안하면 이신의 완벽한 우세였다.

초반부터 벌어졌던 두 사람의 치열한 수 싸움은 이신의 승리로 끝난 것이다.

서서히 양측에 투석기와 대포가 등장하기 시작했다.

이신은 그리핀 편대로 계속 원숭환의 신경을 건드리면서도, 그리핀의 숫자를 더 늘리지는 않았다. 총 3마리의 그리핀으로 구성된 편대는 그것만으로도 큰 역할을 했다.

드워프 광부를 사살한 공적도 있지만, 가장 큰 역할은 역시나 정찰. 전장 곳곳을 시야 장악하는 싸움에서, 그리핀 편대가 있는 이신이 유리해진 것이다.

'계속 여기저기 다니며 적의 시야를 끊어라.'

"옛!"

로흐샨은 계속 전장을 순찰했다.

원숭환도 드워프 총수 등을 한 명씩 세워놓고 시야 확보를 했지만, 그리핀 편대가 다니면서 계속 사살해서 그 시야를 지웠다.

전장에서 원숭환의 시야가 미치는 영역이 점점 줄어들었다.

시야 확보는 서열전에서 매우 큰 영향을 발휘했다.

원숭환은 그리핀 편대의 활약을 막기 위해 드워프 총수를 더 소환해야 했고, 그만큼 대포의 숫자가 줄어들었다.

또한 시야 장악이 되지 않아 상대의 움직임을 알 수 없기 때문에 최대한 조심스럽게 행동할 수밖에 없었다.

투석기의 숫자가 원숭환의 대포 숫자보다 많은 이신은 시야 확보까지 잘 되었으므로 과감하게 움직였다.

제6 전장 데스트를 남북으로 양분했을 때, 이신의 투석기들은 원숭환의 북부 영역까지 들어가서 전선을 구성했다.

그렇게 형성된 전선은 6 대 4.

일부 투석기가 2시에 위치한 마력석 매장 지역까지 사거리가 미치고 있어서, 이대로 계속 가면 원숭환의 마력석 채집장 수가 이신보다 적을 수밖에 없었다.

그대로 투석기의 숫자를 계속 늘리며 전선을 굳히는 이신.

원숭환도 대포의 숫자를 늘리며 역습 준비에 들어갔다.

이대로 시간이 흐르면 좋을 게 없었기 때문이다.

'마법사가 나오기 전에 승부를 봐야 한다.'

원숭환은 병력을 일점에 집중시키기 시작했다.

지금밖에 없었다.

이 타이밍을 놓치면 이제 이신에게서 마법사까지 등장할 것이다.

마법사의 파이어 스톰은 엄청난 변수를 일으키는 마법이므로, 싸워야 한다면 지금이었다.

'보여주마. 내가 그동안 무엇을 갈고닦았는지.'

사실은 초반부터 압박을 넣어서 상황을 유리하게 끌고 온 다음에 승부수를 띄우려 했다. 하지만 이신의 수 싸움 능력과 심리전은 원숭환의 아래가 아니었다.

당초 구상과 달리 불리해진 상황.

그래도 원숭환은 준비해 온 전략을 펼쳐야 했다.

준비한 전략이란 허를 찌르는 책략도 무엇도 아니었다.

정공법.

대포의 화력을 활용하는 근본적인 용병술 자체.

원숭환이 갈고닦은 것은 바로 그 부분이었다.

'보여주마!'

원숭환의 대포들이 일제히 전진했다.

이신의 투석기들이 있는 곳에 도달한 다음, 투석기 사거리가 아슬아슬하게 닿지 않는 곳에서 정지.

그때부터 원숭환의 공격이 시작되었다.

투석기 1기의 사거리 범위 안으로 대포 3기가 슬며시 접근했다.

투석기 1기가 바위를 날려서 대포에 타격을 입혔지만, 원숭환 측은 대포 3기가 일제히 응사했다.

퍼퍼펑―

콰아앙!

포격이 오가고서 투석기가 부서져 버렸다.

이 같은 식으로 원숭환은 계속 투석기를 1기씩 각개격파하기 시작했다.

원숭환은 알 리가 없었지만, 그것은 바로 e스포츠에서 각도기 싸움이라 부르는 컨트롤이었다.

상대의 사거리를 정확하게 눈짐작으로 잴 수 있어야 가능한 일.

원숭환은 그것을 해내고 있었다.

이 같은 원숭환의 공격을 보며, 이신의 머릿속에 든 생각은 하나였다.

'골치 아프게 됐군.'

드디어 각도기 싸움을 할 줄 아는 계약자가 나타났다.

역시나 원숭환은 지금껏 본 휴먼·드워프 계약자들과 수준이 달랐다.

이신이 가장 싫어했던 상황이었다.

각도기 싸움을 능숙하게 할 줄 아는 드워프.

이신도 각도기 싸움에서 누구한테도 지지 않는다고 자부하는 사람이었다. 하지만 휴먼의 투석기와 드워프의 대포라면 사정이 사뭇 달라진다.

이동을 할 때마다 분해와 재조립 과정을 거쳐야 하는 투석기의 단점!

반면 대포는 투석기보다 이동 속도는 느리지만, 그런 복잡한 과정이 필요 없었다.

한 발짝씩 접근해서 싸우는 포격전이라면, 드워프가 유리할 수밖에 없는 것이었다.

원숭환이 계속 밀어붙였다.

이신은 피해가 더 커지기 전에 위험 지역에 있는 투석기들을 분해하여서 뒤로 뺄 수밖에 없었다.

1기만 각개격파로 공략할 수 없도록 투석기를 최대한 균일하게 배치할 수밖에 없었는데, 사도 마르몽의 도움을 받았다.

그렇게 전선을 재구축하는 과정에서 이신의 영역이 상당히 밀려났다.

파괴당한 투석기도 있었고, 여러 가지로 전세는 원숭환 측으로 기울어졌다.

원숭환은 끊임없이 포격전을 걸었다.

다수의 대포로 소수의 투석기와 싸우는 기본 방침이 적용되는 곳이 많았고, 이신은 조금씩이지만 차츰 밀려났다.

'잘하는군.'

전보다 실력이 는 건지, 원래 이 정도 실력이었는데 몰랐던 건지, 아무튼 원숭환은 무서운 저력을 발휘하고 있었다.

이대로 가면 패배는 자명한 일이었다.

'판을 바꿔야겠군.'

포격에서 밀리고 있으니 지상에서는 이길 수 없었다.

그렇다면…….

'제공권은 내가 쥐고 있다.'

이신은 그리핀을 추가로 소환하며 그리핀 편대의 전력을 강화시켰다.

그리고 테크 트리를 올려서 마법사를 소환하기 시작했다.

열기구도 제작에 들어갔다.

철저하게 공중에서 흔들겠다는 결심이었다.

그러는 중에도 포격전은 치열하게 진행되었다.

매섭게, 그러나 차근차근 한 걸음씩 밀어붙이는 원숭환.

이신은 사도 마르몽과 함께 심혈을 기울여서 버텼다.

투석기는 단점이 너무 명확하지만, 대포보다 연사 속도가 우수하다는 장점도 있었다.

이 점을 십분 활용하여서 이신은 대포의 숫자를 차근차근 하나씩 줄였다.

바위에 많이 맞아 내구력이 간당간당한 대포를 찾아내어서 일점사하는 이신의 눈썰미 그리고 명중률 100%의 능력을 지닌 사도 마르몽의 눈부신 합작이었다.

하지만 원숭환도 사도가 없는 게 아니었다.

오히려 대포를 다루는 드워프 사도가 여럿 있어서 무서운 속도로 이신의 전선을 뒤로 밀고 있었다.

'마법사가 등장하면 그때부터는 골치 아파진다.'

원숭환도 이신이 마법사로 판을 흔들 생각이라고 대강 짐작하고 있었다.

그전에 최대한 밀어붙여서 격차를 벌려놓을 생각이었다.

잠시 후, 마법사가 모였고 열기구가 완성되었다.

이미 원숭환이 상당히 전장을 잠식한 상황.

이제 이신의 차례였다.

원숭환은 용의주도했다.

전장 곳곳에 드워프 총수들을 한 명씩 보내 순찰시켜서 전 지역에 시야를 밝혀놓고 있었다.

이신의 진영만 제외하면 전장 모든 곳을 주시하고 있다고 봐도 무방했다. 이는 승부를 미궁에 빠뜨릴 수 있는 변수를 모두 차단하기 위함.

이 같은 원숭환의 철저함은 결실을 맺었다.

자신의 북부 영역을 향해 날아드는 그리핀 편대를 포착한 것이다.

그리핀의 숫자만 무려 10마리.

한 마리당 2명씩 타고 있는 석궁병은 총 20명인 상당한 전 력이었다.

정면 대결에서는 큰 힘을 발휘하기 힘드나, 후방 기습이나 교란을 펼치면 매우 위협적인 숫자였다.

'공중전으로 방향을 선회했군.'

지상에서 포격전에서 밀리기 시작하니 곧바로 전략을 수정한 모양이었다.

판단이 굉장히 빨랐다.

그리핀이 벌써 10마리였다.

원숭환이 포격전을 시작했을 때, 곧장 지상군으로는 힘들다고 판단하고 바로 그리핀 추가 소환에 들어갔다고 봐야 했다.

'결단과 행동이 어지간히 빠르지 않으면 이럴 수 없지. 역시

대단하군.'

아무튼 이신의 의도는 명확했다.

그리핀 편대로 후방 교란을 벌여서 원숭환이 구축한 전선을 흔들고 역전의 실마리를 찾겠다는 뜻이었다.

이 선택에는 장단점이 있다.

자유롭게 비행하며 기습 작전을 벌일 수 있다는 장점이 있는가 하면, 그리핀 편대를 모으느라 상대적으로 지상군이 더 약해졌다는 단점도 있었다.

원숭환은 지상에서 더욱 밀어붙이기로 했다.

'그리핀 편대의 습격은 피해를 최소화하며 막겠다.'

대포로 계속 밀어붙여서 이신에게 치명타를 가하면 승리는 원숭환의 것이었다.

다만 한 가지.

'필시 마법사도 동원했을 것이다.'

마법사의 파이어 스톰은 원숭환의 병력 다수를 일거에 날려 버릴 수 있는 파괴력을 지닌 수단이었다.

원숭환은 대포 주위에 드워프 총수들을 함께 배치하여서 지대공 방어에 신경 썼다.

그러고는 계속 맹공!

이신도 이를 악착같이 버티면서 그리핀 편대로 원숭환의 후방을 흔들기 시작했다.

쉬쉬쉭—

콰콱!

"크억!"

그리핀 편대는 여기저기서 나타나 드워프 총수들을 하나둘씩 사살했다.

아슬아슬한 사정거리에서 집중사격을 가하며 동시에 뒤돌아 빠지는 U턴 샷이 계속 멋지게 펼쳐졌다.

로흐샨의 유도 사격 능력으로 인해 석궁병 10명의 사격이 일점에 집중되는 효과는 꽤나 무서웠다.

순찰을 돌던 드워프 총수들이 계속 사살되자 원숭환의 시야가 점차 줄어들었다.

'역시나 시야부터 제거하는군.'

치명타를 가하기 전에 일단 상대의 눈부터 가리는 용의주도함이 돋보이는 이신의 전술이었다.

원숭환은 드워프 총수를 계속 소환해 각 지역에 투입했다.

그때였다.

잠시 안 보이나 싶었던 그리핀 편대가 원숭환의 마력석 채집장이 있는 2시 방면에 나타났다.

이번에는 열기구와 함께였다.

열기구에서 마법사 1명이 내리자마자 파이어 스톰을 갈겼다.

화르르르르륵!!

"크아악!"

"흐억!"

일하던 드워프 광부들이 다수 죽어나갔다.

그리핀 편대는 도망치는 드워프 광부들을 뒤쫓아 사살해 나갔다.

'막아라!'

드워프 총수들이 일제히 달려와 마법사를 노렸지만,

"파이어 스톰!"

또 다른 마법사가 열기구에서 내려 파이어 스톰을 펼쳤다.

화르르르!

드워프 총수들도 화염에 휩싸여 죽어나갔다.

그 바람에 드워프 총수들이 접근 못하고 주춤하는 틈을 타, 마법사들은 다시 열기구에 타고 달아났다.

그리핀 편대가 호위하며 열기구를 보호한 채였다.

'제길, 골치 아프게 나오는군.'

드워프 총수들 태반이 전방에서 싸우고 있는 대포들을 보호하고 있는 걸 알고는, 귀신같이 상대적으로 수비가 허술했던 후방을 습격했다.

허실을 파악하고 찌르는 실력이 탁월했다.

전력상 불리한 만큼 이신은 더욱 부지런히 움직였다.

그리핀 편대가 다음 타깃을 찾아 떠나는 걸 보며, 원숭환은 재빨리 각 지역의 지대공 방어를 갖췄다.

'같은 수법에 또 당하지 않는다!'

이번에는 그리핀이든 열기구든 나타났다 하면 바로 드워프 총수들로 사격해 격추시킬 생각이었다.

그런데 사라진 그리핀 편대와 열기구는 다시 나타나지 않았다.

어딘가에 숨어서 나오지 않았다.

'시야 밖으로 숨었군.'

섬뜩함을 느꼈다.

순찰을 처치하며 원숭환의 시야를 조금씩 갉아나간 것은 이렇듯 그리핀 편대의 움직임을 숨기기 위해서였다.

그리핀 편대가 어디서 어딜 습격해 오는지 알 수 없도록.

이신은 이런 것을 일일이 다 계산하며 병력을 치밀하게 움직이는 남자였다.

[적을 발견했습니다.]

정반대 방향인 남쪽에서 열기구가 나타났다.

그리핀 편대도 합류하여서 전선을 이루고 있는 대포들에게 접근하고 있었다.

'막아라!'

드워프 총수 부대가 우르르 달려갔다.

열기구만 격추시키면 마법사 넷을 다 죽이는 전과를 거둘 수 있으니 열을 내고 달려드는 것이었다.

그런데 열기구에서 내린 것은 마법사들이 아니었다.

"다 죽여라! 돌격!"

[계약자 이신의 사도 중급 악마 이존효가 능력 광기를 사용합니다.]

[주변 아군이 광기에 휩싸여 공격력이 크게 강화되었습니다.]

이존효를 비롯한 장창병 8명이 일제히 드워프 총수들에게 달려들었다.

마법사들이라고 생각해 득달같이 몰려왔던 드워프 총수들은 방심했던 탓에 장창병들의 접근을 허용했다.

"우리도 간다!"

로흐산의 그리핀 편대도 함께 호응하여 공격했다.

지상과 공중에서 합공을 펼치니, 드워프 총수들이 눈 깜짝할 사이에 몰살당했다.

'내가 속았구나.'

그래, 이런 식의 교란 술책도 쓸 수 있을 것이다.

불리한 판을 흔들려는 것이니 상대를 교란시키기 위하여 온갖 수단을 다 동원할 터였다.

'가만, 그럼 마법사들은 어디 있지?!'

퍼뜩 그런 생각이 떠올랐을 때였다.

"파이어 스톰!"

"파이어 스톰!"

화르르르르르륵!!

화르르륵!

드워프 광부들이 이동 중에 마법사들을 만나 몰살당했다.

다른 곳에서 전투 중이었기 때문에 미처 반응을 하지 못했던 것이다.

원숭환은 소름이 돋았다.

'대체 얼마나 치밀하게 함정을 설계한 것이냐!'

2시로 향하는 길목에 숨어 있다가 정확하게 기습을 했다.

아까의 습격으로 2시 마력석 채집장에 드워프 광부 숫자가 크게 줄어들었기 때문에 충원하러 올 거라고 예상했던 것이다.

그러면서 마법사 대신 장창병을 태운 열기구로 드워프 총수들을 유인하는 2중 3중의 함정!

다방면에서 동시에 공격이 터지자 원숭환은 혼란을 느꼈다. 한 번에 여러 곳에 신경 써야 하니까 힘들어지기 시작했다.

이신이 펼치는 전략의 본질이 바로 멀티태스킹 싸움이라는 것을 원숭환이 알 리가 없었다.

이신은 더욱 스피드를 올렸다.

잠시도 쉬지 않고 원숭환의 진영 어딘가에서는 공격을 받았다는 안내가 뜨도록 몰아붙였다.

그리핀 편대가 2시에 또 나타나서 U턴 샷.

그대로 지나가서 원숭환의 본진에 그리핀에 타고 있던 석궁병들 중 5명을 내려놓고 앞마당으로 가서 2곳 동시 타격!

그 와중에도 마법사들을 태운 열기구는 보일 듯 말 듯한 곳에서 계속 유유히 떠다니며 원숭환의 신경을 자극했다.

영역이 넓어질수록 지켜야 할 곳이 더 많았다. 그 탓에 원숭환은 정신을 못 차리고 계속 휘둘리고 있었다.

또 다른 타격이 이어졌다.

"돌격!"

서영이 이끄는 기사단의 출현!

휘젓고 다니는 그리핀 편대를 쫓느라 드워프 총수들이 다수 빠져 있는 사이, 최전방 전선이 공격받았다.

그것은 포격전에서 압도적인 우위를 보이고 있어 안심하고 있던 원숭환의 허를 찌른 일격이었다.

서영이 이끄는 기사단이 대포들의 포격을 뚫고 돌진했다.

돌진 기술로 맹렬하게 질주한 기사들이 대포들을 깨부쉈다.

'큭!'

포격으로 인한 희생을 다소 감수한 이신의 과감한 공격에 원숭환은 깜짝 놀랐다.

기사들이 분탕질을 치는 사이에 투석기들이 가까이에 근접했다.

'제길, 어쩔 수 없다.'

원숭환은 투석기들이 재조립되기 전에 대포들을 후퇴시킬 수밖에 없었다.

이신을 턱밑까지 압박한 상태에서 아깝게도 물러날 수밖에 없었던 것이다.

다각도로 치고 흔들어 위기를 모면한 이신은 계속 마법사와 그리핀을 추가 소환했고, 지상군도 투석기보다는 기사단 위주로 재편성했다.

'포격전보다는 속도전이다.'

포격전에서 선보인 원숭환의 솜씨는 이미 충분히 봤다.

이신은 이미 가지고 있는 투석기들로 대포들을 견제하면서, 발 빠른 기사단으로 기동전을 펼치기로 했다.

어찌 보면 드워프와 오크의 중간쯤 되는 스타일이라 할 수 있었다.

그렇게 상황에 따라 유연하게 스타일을 달리 할 수 있는 것. 그것이 이신이 휴먼을 메인 종족으로 고른 이유였다.

이신이 수세에 몰렸던 승부의 균형추가 서서히 다시 중간으로 되돌아왔다.

본인은 모를 테지만, 원숭환은 이미 늪에 반쯤 빠져 있는 상태였다.

'계속 몰아친다. 깊이 생각할 틈을 주지 않는다.'

그리핀 편대와 열기구에 탄 마법사들이 계속 원숭환의 진영을 툭툭 건드렸다.

물론 시간이 흐르자 원숭환의 대처 능력도 점점 좋아진 까닭에 소득이 적었지만, 그걸로 충분했다.

원숭환은 이신이 가한 멀티태스킹 싸움에 휘둘려서 해야할 일을 제대로 못하고 있었다.

드워프 광부를 소환해서 일을 시키는 것도, 병력을 새로 소환해서 충원하는 일도, 조금씩 차질이 빚어지기 시작했을 것이다.

그러는 동안에도 이신은 칼같이 모든 일을 다 완벽하게 했으니, 조금씩 원숭환 본인도 모르게 역전이 이루어지고 있었다.

'슬슬 결정타를 가할 때군.'

이신은 원숭환에게 눈에 띠는 치명타를 가하기 위하여 타이밍을 재고 있었다.

열기구도 충분히 모였고, 마법사도 많아졌다.

앞장서서 돌격할 기사단도, 뒤에서 엄호해 줄 투석기도 충분했다.

초중반까지만 해도 철저했던 원숭환의 시야도 어느새 그리핀 편대에 의하여 다 커트당한 상황.

원숭환은 싸우는 데 정신이 하나도 없어서 인식하지 못했지만, 평상시라면 당연히 알 수 있을 문제점이 여러 가지로 발생한 상황이었다.

'진격.'

이신이 명령을 내렸다.

전 병력이 진격을 개시했다.

목표는 3시 우회 루트 장악.

교통의 요충지인 그곳을 차지해서 2시 마력석 채집장을 타격하고, 동시에 최전방의 병력과 본진을 분단시킬 작정이었다.

3시 우회 루트만 장악하면 승부는 끝난 거였다.

더 성장하여서 전략적인 시야가 폭넓어진 이신의 결단이었다.

원숭환은 그런 이신의 과감한 기동(機動)을 눈치채지 못했다. 시야가 없었으니까.

또한 그걸 막을 만한 병력도 부족했다. 병력 충원에 차질이 빚어진 까닭에 수적으로나 구성으로나 이신보다 부족했다.

그래서 3시에 이신의 대군이 출현했을 때, 원숭환은 기겁을 했다.

'언제 여기까지!'

정신이 번쩍 들었다.

그제야 멀티태스킹 싸움에 휘둘려서 흐려졌던 눈이 맑게 개였다. 끊임없이 교란을 당한 까닭에 인식 못 했던 문제들이 속속 보이기 시작했다.

그리고 3시 지역의 중요성도 눈에 보였다. 또한,

'…끝났구나.'

이미 자신이 패배했다는 것도.

제7장

제르지

한바탕의 세련된 가무를 연상케 했다.

기사단이 돌진. 석궁병도 뒤따라 대포들의 포화 속으로 뛰어들었다.

뒤이어 배치된 투석기가 재조립.

반대편 방면에서는 그리핀 편대가 날아들어서 협공을 가했다.

거기서 끝나지 않았다.

혼란을 틈타 3척의 열기구가 적진 한복판으로 과감히 뛰어들어 장창병들을 폭탄 투하하듯이 드롭했다.

반대편에서 접근한 열기구에서는 마법사들이 내려서 파이

어 스톰을 펼쳤다.

화르르르륵!

"으아악!"

"크헉!"

일대 장관!

모든 공격력이 종합예술처럼 집중된 총공세였다.

3시 우회 루트 쪽에 주둔했던 원숭환의 병력은 삽시간에 녹아버렸다.

너무나 다양한 공격 수단들이 한꺼번에 몰아치니 모두 다 대처할 수가 없었다.

그 전투로 인하여 승기는 단숨에 이신에게로 기울었다.

전장의 6할 이상을 잠식하고 있었던 원숭환의 영역이 대번에 조각나 버렸다.

본진과 최전방의 병력이 분단당한 상황.

최전방에서 전선을 이루던 원숭환의 병력은 사방에 적이 있는 상황이라 섣불리 움직이지 못하고 발이 묶인 상황이 되었다.

반면 여러 갈래로 뻗어나가는 요충지를 장악한 이신은 사방으로 공세를 뻗었다.

2시, 12시 본진과 앞마당, 반대편인 9시까지!

이신은 기사단과 그리핀 편대와 열기구를 총동원하여서 신속하게 전 지역을 타격했다.

마법처럼 원숭환이 무너져 버렸다.

3시를 치는 이신의 판단이 신의 한 수였음이 증명된 장면이었다.

"…훌륭하구나."

원숭환은 눈을 질끈 감으며 중얼거렸다.

[악마군주 이포스 님의 계약자 원숭환 님께서 패배를 선언하셨습니다. 악마군주 그레모리 님의 승리입니다.]

[악마군주 그레모리 님께서 마력 5만을 획득하셨습니다.]

[마력 총량 1,834,710으로 악마군주 그레모리 님께서 서열 16위가 되셨습니다.]

[마력 총량 177만으로 악마군주 이포스 님께서 서열 17위가 되셨습니다.]

"으음!"

악마군주 이포스가 침음을 흘렸다.

이포스는 역시나 표정이 별로 좋지 않은 원숭환에게 다가와 속삭였다.

"이번 판은 너무 아쉬웠는데?"

"그렇소?"

"책략에 당했지만 정공법에서는 이겼던 싸움으로 보인다. 솔직히 이렇게까지 치열한 승부가 될 줄은 몰랐어."

사실 패배를 어느 정도 예상했던 악마군주 이포스였다.

그런데 뜻밖에도 원숭환이 매우 잘 싸워서 한때 이신을 수세에 몰아넣기도 한 것이다.

이포스는 은근히 기대감을 드러냈다.

"혹시 한 번 더 붙으면 이길 수 있지 않을까?"

포격전에서 밀고 들어가 승기를 잡았으나, 그리핀 편대와 열기구를 활용한 교란 전술에 당해 아깝게 패배한 상황.

그런 책략만 당하지 않는다면 이길 수 있지 않을까 싶었던 것이다.

사실 이렇게 당하고 그냥 물러나기는 억울한 게 당연했다.

원숭환이 입을 열었다.

"내 실력이 모자랐어."

"뭐?"

"명백한 실력 차이가 맞아."

원숭환은 자신이 역전당했던 상황을 떠올렸다.

이곳저곳 공격받기 시작했고, 한 번 당하기 시작하자 계속 그 흐름에 말려들었다.

그때부터는 머릿속이 복잡해지고 평소였으면 마땅히 했어야 할 일들을 하지 못했다.

당황해서 허둥거렸다고 생각했는데, 지금 돌이켜 보면 아니었다.

그는 위급한 상황에서 당황하여 제 실력을 발휘 못 하는 사람이 아니었다.

그는 끝까지 침착했다. 다만, 벌어지는 상황의 변화가 너무나 빨랐다.

'아니, 정확히는 저자의 속도가 너무나 빨랐다.'

자신의 생각의 속도보다 적의 움직임이 너무 빨랐다.

그걸 다 대처하는데도 바쁜데 어떻게 자기 진영을 운영하는 일까지 다 빠짐없이 처리하겠는가?

'근데 저자는 해냈다.'

그것은 원숭환이 갈고닦은 포격전보다 더 근본적인 부분이었다. 거기서 격차를 따라잡지 못하면 몇 번을 해도 마찬가지라고 생각되었다.

"끄응, 그럼 어쩔 수 없군. 우린 이만 물러나야지."

원숭환과 함께 떠나려던 이포스는 문득 자신을 빤히 바라보는 이신의 시선을 발견했다.

이신이 계속 응시하고 있자 이포스는 그제야 껄껄거렸다.

"아차, 내가 소원 들어주는 걸 깜빡했군?"

"깜빡한 게 맞으면 말이지."

그레모리가 중얼거렸다.

이포스는 신음을 하고는 이신에게 턱짓했다.

"소원 말해봐. 뭐 들어줄까? 요즘 계약자들은 꼭 소원으로 마력만 챙기던데, 그런 획일적인 사고방식은 좋지 않아. 나는 용기와 대담성을 관장하는 악마군주다. 용기가 얼마나 중요한 건지 알지? 어찌 보면 수십만 마력보다 더 중요하다고도 할 수 있지."

이포스는 장황하게 설명을 늘어놓았다.

그리고 곧 이신에게 17,700마력을 넘겨야 했다.

"획일적인 놈!"

이포스는 씩씩거리며 사라졌다. 하지만 원승환은 함께 떠나지 않고 남아 있었다.

"무슨 용건이라도?"

이신이 물었다.

자신에게 용건이 없었으면 여기 남아 있을 이유가 없으니까.

"하나 묻고 싶은 게 있네."

"물어보십시오."

"내가 왜 졌나?"

"모르실 거라고 생각되지 않습니다만."

"정확히 자네의 관점을 듣고 싶어서 그러네."

"한 번에 여러 가지 일을 동시에 수행하는 능력이 제가 더 월등했습니다."

이신은 멀티태스킹을 자세하게 순화해서 들려주었다.

사실 이신이 전성기 시절에 흔히 치른 경기와 다를 바가 없었다.

불리한 상황을 끊임없는 견제 플레이로 만회.

불꽃같은 멀티태스킹으로 시시각각 미세하게 격차를 좁히다가 끝내 역전.

거기다가 3시를 찌른 전략적 판단은 오히려 예전보다 더 깊이가 생긴 식견이었다.

하지만 이신은 오히려 원숭환에게 감탄했다.

예전에도 자신을 불리한 상황으로 밀어붙인 상대 자체가 많지 않았다.

애당초 역전이 일어날 만한 불리한 상황에 잘 빠지지 않는 이신인데, 원숭환이 거기까지 몰아붙인 것이 놀라웠다.

'역시 여기서부터는 다르구나.'

앞으로의 서열전이 쉽지 않을 거라는 예감이 맞아떨어진 셈이었다.

"자네, 요즘 블라드 드라쿨레아가 자주 자네를 찾아간다고 하더군?"

"예."

"이 위 서열로 드워프를 다루는 계약자는 발터 모델이 있네. 난 그와 붙어본 적도 있지."

"……"

"자네의 다음 상대인 서열 15위의 계약자는 제르지 카스트리오타라는 인물인데 마물을 기막히게 다루는 뛰어난 전술가일세."

이신이 원숭환을 빤히 쳐다봤다.

원숭환이 물었다.

"어떤가? 내가 도움이 많이 될 것 같지 않나?"

"원하는 게 뭡니까?"

"모를 거라고 생각되지 않네만."

이신은 고개를 끄덕였다.

"시간이 되신다면 모의전 상대가 되어주십시오."

"좋네."

그제야 원숭환은 미소를 지었다.

*　　　*　　　*

서열 15위의 악마군주는 레라지에.

투쟁과 승리를 관장하지만 화살로 쏴서 그 상처를 컨트롤하기두 하는 악마군주였다.

그리고 그가 데리고 있는 계약자의 이름은 원숭환도 언급했듯 제르지 카스트리오티.

이신은 제르지 카스트리오티라는 이름을 떠올리기 위해 머리를 싸매고 고민했다.

'내가 모를 리는 없을 텐데.'

이제 웬만한 역사적 군사가 이름은 다 알고 있었기 때문에 분명 자신이 알고 있는 인물일 거라고 생각했다.

역사에 뚜렷한 족적을 남기지 못한 재목(材木)이라면, 서열 15위나 차지하고 있을 정도로 성공적인 계약자도 되지 못했을 것이다.

그러던 중 때마침 방문한 블라드가 제르지 카스트리오티를 알고 있었다.

"스칸데르베그 말이군."

"스칸데르베그? 그 사람이 스칸데르베그입니까?"

"그렇지. 동시대의 인물이라 나도 잘 알고 있는 이름이지."

비로소 이신은 제르지 카스트리오티의 정체를 떠올렸다.

스칸데르베그.

블라드 드라쿨레아와 동시대의 사람이며, 오스만 제국으로부터 알바니아를 독립시키기 위해 싸웠던 저항군 지도자였다.

동로마 제국을 무너뜨리고 오스만 제국의 전성기를 가져왔던 위대한 술탄 메메드 2세에게 저항했던 지도자들 중 하나이며, 그중 가장 성공적인 저항자이기도 했다.

'알바니아의 민족 영웅이었군. 그래, 그의 본명이 제르지 카스트리오티였지. 이제 기억난다.'

알바니아의 실질적인 시조쯤으로 받아들여지는 인물로, 독수리가 그려진 알바니아의 국기도 카스트리오티 가문의 문장에서 비롯됐다.

그만큼 알바니아 민족의 정체성을 상징하는 영웅이라는 뜻이었다.

물론 대중적으로 잘 알려지지는 않았지만 알고 보면 역대급으로 손꼽을 만한 명장이었다.

상대는 전성기의 오스만 제국.

그것도 지금도 터키의 영웅으로 꼽히는 메메드 2세였다.

제르지 카스트리오티는 그런 이를 상대로 악조건에서 맞서 싸우면서 무려 25년간 알바니아를 지켰던 것이다.

그가 병사한 뒤에 알바니아는 다시 오스만 제국에 복속되었지만, 그 뒤로도 알바니아에서 독립을 요구하는 사상이 번질 때마다 그의 이름이 신앙처럼 오르내렸다.

그의 별명인 스칸데르베그는 알렉산드로스 대왕을 뜻하는 이스칸다르라는 별명에서 비롯된 것이었다.

그의 군사적 행적을 요약하자면, 2만도 안 되는 알바니아 군대를 이끌고 몇 배씩이나 되는 오스만 제국군을 매번 격파하며 25년간 알바니아를 지켰다.

'다수를 상대로 싸우는 전술에 있어 거의 달인이라고 표현해도 되겠군. 계약자로서는 어떤 모습일지 궁금하군.'

일단 살아생전의 전쟁 스타일을 아는 대로 요약하자면 기습과 측·후방 교란에 두루 능통했다고 볼 수 있었다.

그 같은 스타일을 마물이라는 종족과 결합한다면…….

'아주 잘 어울리겠군.'

전성기의 이신 같은 공격적인 견제 위주의 전략이 예상되었다.

물론 그것만 가지고 속단할 수 없었다.

애당초 소수의 병력을 가지고 다수의 적과 싸우고 싶어 하는 지휘관은 없었다.

그리고 악마로서 가진 고유 능력이 무엇이냐에 따라 전략적 체계도 달라질 수 있었다.

'일단 원숭환의 이야기도 좀 들어봐야겠군.'

블라드와 이야기를 나눠보고 몇 번 모의전을 치른 후에 돌려보냈다.

그리고 그레모리를 통해 원숭환에게 초대를 하는 뜻을 보냈다.

원숭환은 곧장 응답했으며, 쾌히 이신에게 방문했다.

"생각보다 빨리 부르는군. 벌써 15위로 도전할 생각인가?"

원숭환은 이신이 왜 자신을 불렀는지 알고 있었다.

고개를 끄덕인 이신이 물었다.

"제르지 카스트리오티와 싸워보셨다고 들었습니다."

"싸워봤다 뿐인가? 그자와 15위를 다퉜지."

알고 보니 원숭환이 일전에 15위로 올랐을 때의 상대가 바로 제르지 카스트리오티였다.

요번에 16위로 다시 떨어졌을 때도 제르지 카스트리오티에게 15위를 빼앗겼기 때문.

이쯤 되면 블라드와 비스마르크 같은 앙숙 관계였다. 서열이 오랫동안 붙어 있으니 당연히 경쟁 관계일 수밖에 없겠지만 말이다.

"골치 아픈 상대이긴 하지만 자네와 순위 경쟁을 하느니 차라리 제르지 카스트리오티가 낫지. 내 아는 대로 알려주겠네."

대신 원숭환은 모의전을 하면서 서로 단점을 지적하며 실력 향상을 도모하자는 뜻을 밝혔다.

　합당한 거래였으므로 이신도 이를 수락했다.

　원숭환은 이신이 제르지 카스트리오티와의 일전을 준비하는 데 많은 도움을 주었는데, 그 또한 이신이 준비하는 과정을 지켜보며 여러모로 놀랐다.

　'정말 치밀하게 준비하는군.'

　제3자의 입장에서 관전하고 있으니 단 1마력도, 단 1초의 시간도 아끼고 단축하는 이신의 정밀성이 보였다.

　단 1마력, 단 1초.

　사소해 보일지라도 그것이 합쳐지면 점차 큰 이섬이 된다.

　'어떻게 저렇게까지 세세하게 신경 쓸 수 있는 것이지?'

　시간과 마력이 딱딱 들어맞는 이신의 운영을 보며 원숭환은 질려 버렸다.

　저렇게까지 정밀하게 계산을 한다는 것은 그로서는 불가능했다.

　원숭환은 이내 고개를 저었다.

　'아니, 가능해져야 한다.'

　저런 것들을 본받고 따라할 수 있도록 노력해야 이신과 교류하는 보람이 생기는 것이다.

　그것 외에도 이신에 대해 놀란 점은 따로 있었다.

바로 이신의 모의전 상대가 되어주는 그의 측근 질 드 레였다.

본 적이 있는 얼굴이었다.

지금은 추락했으나 한때 서열 15위였던 악마군주 엘리고르의 계약자였던 것으로 기억했다.

실적이 좋지 않아 쫓겨났다고 들었는데, 그렇게 사라진 계약자가 한둘이 아니라서 일일이 의미를 두지는 않았다.

다만 악마군주 엘리고르가 현재는 40위까지 추락한 터라, 차라리 전 계약자를 그냥 데리고 있는 게 나았을 거라는 평이 중론이었기에 기억하는 것이었다.

원숭환은 질 드 레가 계약자였던 시절에 붙은 적이 있었다.

'확실히 내 상대는 되지 않았지. 10위권을 유지할 수 있는 실력은 아니었다.'

하지만 지금은 어떠한가?

발 빠르게 몰아치는 헬하운드들의 날랜 움직임이나, 과도하게 방어에 마력을 투자하지 않고 아슬아슬한 선에서 상대의 공격을 막아내는 운영이 상당히 세련되었다.

그때와는 확연히 달라진 실력!

'이제는 이긴다고 장담할 수가 없을 정도다.'

진즉에 저런 실력을 갖고 있었더라면, 옛날에 계약자의 위치에서 쫓겨나 지옥으로 돌아갈 일도 없었을 것이다.

물론 저렇게 성장한 것은 명백히 이신의 수하가 되어서 모의전 상대가 되어준 까닭일 테지만 말이다.

질 드 레는 초반부터 매우 강공으로 나왔다.

제르지 카스트리오티는 대규모의 병력으로 전면전을 벌이는 것보다, 소규모의 병력으로 계속 소모전을 벌이는 것을 선호했다.

그것 때문에 원숭환도 많은 어려움을 겪었다.

계속 싸움을 걸어오니 서로 병력 소모가 끊임없이 이루어져서 마력을 모을 틈이 없었다. 서로 가난한 상태로 계속 치고받으니 교전으로 병사를 하나하나를 잃을 때마다 묵직한 압박감을 느껴야 했다.

'잘하는군.'

질 드 레는 원숭환이 이야기해 준 제르시 카스트리오티의 스타일을 곧잘 펼쳤다.

포인트는 손해를 보는 교전을 하지 않는 것.

자칫 잘못 싸웠다가는 일방적으로 손해를 입게 되어서 상대가 성장할 여지를 주게 된다.

휴먼이나 드워프나 성장할수록 강력해지는 종족이니, 아마 제르지 카스트리오티는 이신을 상대로도 원숭환 때와 동일한 전략을 펼칠 터.

하지만······.

'그자가 이번에는 상대를 잘못 만났군.'

원숭환은 질 드 레를 서서히 요리해 가는 이신의 전투를 보며 감탄하며 속으로 중얼거렸다.

이신도 절대 손해 보는 싸움을 하지 않았다.

석궁병들이 귀신처럼 움직이며 헬하운드들을 사살했고, 장창병과 방패병이 마물들의 앞길을 막아서는 기동도 기가 막혔다.

이신은 다양한 병과를 모두 적재적소에서 잘 활용했다.

그리고 보면 19위에 있었던 피로스도 이신에게 그야말로 완패를 당했다고 들었다. 전투력 하나만큼은 최상위권의 계약자들도 인정하는 피로스라고 들었는데, 그럼에도 이신에게 간단히 패한 것이다.

'제르지가 이번엔 임자를 만났군.'

이신은 싸울 때마다 병력 손실 비율에서 이득을 챙겼다.

당연히 싸울수록 이신은 병력이 상대적으로 더 많아졌다.

거기서 만족하지 않고 오히려 이신이 먼저 기습을 가하기도 했다.

공격적으로 나섰던 질 드 레는 어느새 수세에 몰려 방어에 급급한 처지가 되었다.

이신이 같이 맞불을 놓으며 덤비니 감당을 못 하게 된 것.

분명 시작 때는 마물이 휴먼보다 유리한데, 시간이 흐르니 자연스럽게 이신이 압도하고 있었다.

저렇게 귀신같이 싸우는 이신을 보니, 원숭환은 제르지 카스트리오티가 대단한 실력자라는 것을 알면서도 이신이 질 것 같다는 생각이 안 들었다.

모의전이 끝나면 이신이 패배한 질 드 레에게 여러 가지 지적과 조언을 해주었다.

그러고는 질 드 레가 이해하고 나면 다시 모의전을 치렀다.

원숭환이 보기에는 희한한 광경이었다.

'오히려 스승이 제자를 가르치는 것 같지 않은가?'

이신이 질 드 레를 가르치고 있었다.

잘못을 고쳐주고 새로운 전략적 방향을 제안하기도 하면서, 바로 실전을 통해 그것을 체득하게 했다.

'저러니 질 드 레의 실력이 늘 수밖에.'

분명 이신의 다음 서열전을 준비하기 위한 모의전이었는데, 거꾸로 질 드 레가 이신의 도움으로 성장했다.

그것은 마치…….

'제대로 된 연습 상대로 삼기 위해 자기 권속을 키우는 것 같다.'

확실히 원숭환이 보기에도 질 드 레 같은 솜씨 있는 수하가 있으면 서열전을 준비할 때 도움이 될 것 같았다.

장기적인 관점에서 보면 결국 이신에게도 도움이 되는 일이었다.

실제로 질 드 레의 전술이 더욱 날카로워지자, 이신도 이에 대처하는 방법을 연구하면서 서로 성장하고 있었다.

마치 꺾기 위해 가르쳐서 키우는 느낌이랄까?

한번 해볼 만한 일이라고 원숭환은 생각했다.

그렇게 이신이 원숭환과 질 드 레의 도움을 받으며 철저히 준비를 하는 동안, 그 상대인 제르지 카스트리오티도 가만히 있을 리 없었다.

그 또한 뜻밖에도 강력한 조력자를 얻어 이신에 대비한 준비를 하는 중이었다.

*   *   *

휴먼과 마물의 치열한 접전이 펼쳐졌다.

처음부터 끝까지 시종일관 싸움이 그칠 줄을 몰랐는데, 끝없는 유혈의 승자는 휴먼이었다.

시종일관 공격적인 마물의 공세에 쩔쩔맸지만, 투석기를 하나둘 늘려가기 시작하더니 이윽고 마물들이 쉬이 접근할 수 없는 화력을 보유하게 되었다.

마물은 휴먼이 투석기를 이끌고 밖으로 나왔을 때 덮치기로 마음먹고 매복했다.

투석기가 이동시에는 전투력이 없다는 약점을 노리고자 한 것이었다.

하지만 휴먼은 그리 녹록치 않았다.

투석기를 일부만 한 발짝씩 움직인 후에 다시 재조립하고, 그 뒤에야 다른 투석기들이 또 그 사정거리 안에서 엄호를 받으며 한 발짝 앞으로 움직였다.

보기에 질릴 정도로 신중하고 느린 진격.

하지만 휴먼은 그렇게 차근차근 마물의 본진에 다가갔다.

느린 만큼 빈틈도 보이지 않았다.

저지하고자 했지만, 끝내 투석기가 본진에 바위를 쏠 정도로 접근을 허용하고 말자 꼼짝없이 패배를 인정해야 했다.

"과연 알렉산드로스에 비유되는 별명을 가질 만도 하군."

"정확히는 스칸데르베그요. 나에게도 썩 영광스러운 별칭이었소. 진짜 알렉산드로스와 비교하면 나는 어떻소?"

"빠르고 공격적인 면은 만만치 않더군. 결정적인 차이점은 있지만."

"그게 뭐요?"

"알렉산드로스 그 친구는 대규모로 맞붙는 회전(會戰)을 전혀 겁내지 않거든. 그에 비해 자네는 작은 전투를 계속 치러서 아예 상대가 세력을 신장시키지 못하게 억제하는 스타일이지. 둘 다 일장일단이 있어."

모의전 상대로 어렵게 초빙한 남자의 말에 제르지 카스트리오티는 고개를 끄덕였다.

"그건 어쩔 수 없는 차이로군. 나는 휴먼이나 드워프가 대규모로 병력을 모으게 놔두는 걸 싫어하니 말이오."

"장단점이 둘 다 있으니 어떤 쪽이 더 낫다고 단언할 수는 없지. 자, 그럼 이제 내가 질문할 차례인가?"

남자, 나폴레옹은 빙긋이 웃으며 질문을 이었다.

"내 용병술은 어땠나? 이신과의 일전에 대비한 연습 상대로
적절했나?"

"역시 당신에게 도움을 청하길 잘했다는 생각이 드오."

"엄연한 거래니까. 나와 한 약속은 지키길 바라지."

"물론이오. 저쪽의 허락도 받는다면 거절할 이유가 없소."

그랬다.

제르지 카스트리오티는 뜻밖에도 나폴레옹의 도움을 얻는
데 성공했다.

나폴레옹은 이신과 친분이 있다고 알려져서 어려울지도 몰
랐지만, 제르지 카스트리오티는 당당하게 찾아가 요청을 한
것이다.

'이신의 용병술은 빠르고 자유자재라 어떤 계약자도 이를
따를 수 없소. 만약 있다면 그건 당신뿐인데, 내 말이 옳다고
생각한다면 날 좀 도와주시오. 대신 나도 알렉산드로스와의
일전을 준비하는 걸 도와주겠소. 이래봬도 살아생전에 별명
이 알렉산드로스였소.'

그건 은근히 이신과 비교를 하면서 도발을 해왔다. 뿐만 아
니라 자신을 알렉산드로스에 비유한 오만함까지 보였다.

그 도발은 먹혀들었다.

자극을 좋아하는 나폴레옹은 기분 나쁘기보다는 흥미를
느꼈던 것이다.

나폴레옹이 말했다.

"하지만 이신의 용병술은 나와는 또 다를 거야."

"어떻게 다르오?"

"난 이신에게 자극을 받은 후로 5인 단위로 작게 편제를 개편하여서 보다 세밀하게 전술을 펼치게 되었지. 처음엔 복잡하고 머리 아팠지만 계속해 보니 되더군."

"훌륭했소. 내가 맹공을 퍼붓는데도 무너지지 않은 휴먼은 당신이 처음이니까."

"하지만 이신은 한 명 한 명을 모조리 통제한다."

"그게 가능하오?"

"물론 숫자가 많아지면 모두 통제하는 건 힘들겠지. 그런데 뭐라고 해야 할까? 그 친구는 병력을 통제하는데 군 편제에 따른 지휘체계라는 개념 자체가 없는 것 같았어."

나폴레옹은 다섯 사도들을 모두 각 부대의 대장으로 삼아서 지휘했다.

사도들의 노력으로 점점 더 세밀하고 긴밀한 전술 패턴이 가능해졌다.

그럼에도 이신과 비교하면 움직임이 딱딱하다는 느낌이 들었다.

대체 이신의 그 용병술의 비결이 무엇인지 너무나 궁금해졌지만, 그런 핵심적인 비법을 이신이 가르쳐 줄 리는 없었다.

제르지 카스트리오티는 그의 말에 곰곰이 생각했다.

"그 정도로 용병술에 달통했다면, 매우 공격적일 거라고 생각되오. 아니, 애당초 공격적이지 않았다면 그런 용병술도 터득 못 했을 테지."

"그야 그러하네."

나폴레옹도 축제 때 이신과 한 팀으로 지내보면서 그렇게 느꼈다.

공격할 때 이길지 질지 아슬아슬하다면, 이신은 무조건 공격을 택했었다.

어려움을 타개하기 위해 제시하는 묘책도 대부분 공격 혹은 역공이었다.

"그렇다면 내가 싸움을 걸면 아마 자신만만하게 받아줄 거요. 거기서 내가 승리할 기회가 생길 거라고 생각하오."

그 말에 나폴레옹은 고개를 끄덕였다.

'과연 잘 판단하는군.'

제르지 카스트리오티.

10위 안으로 진입할 가능성이 충분하다고 평가받는 강력한 계약자였다.

나폴레옹은 이신이 과연 이 제르지 카스트리오티를 어떻게 상대할지 궁금했다.

'그럼 이번에는 이신이 어떻게 준비하고 있나 찾아가 볼까?'

순전히 자신의 흥미를 충족시키기 위해 부지런히 여기저기 쏘다니는 나폴레옹이었다.

각 전장에 대한 전략을 모두 짜느라 이신은 밤낮을 가리지 않고 열중했다. 다행히 회복 능력이 있어서 이신의 연습 벌레 근성에 더없이 적합했다.

'다행히 쓸 만한 전략이 많군.'

서열전 대부분을 도전자의 입장에서 치렀던 이신이었다.

그때마다 모든 전장에서 쓸 수 있는 전략을 짜두었는데, 그중 상대가 바뀐다 해도 여전히 통용되는 괜찮은 전략들도 있었다.

그것들이 쌓이고 쌓여서 자산이 되었다.

덕분에 갈수록 준비 시간이 짧아졌다.

특히나 상대가 마물이라면 그야말로 태세 완벽!

바로 질 드 레가 있었기 때문이다.

이신이 다양한 전략을 펼칠수록, 질 드 레 또한 다양한 경험을 쌓고 이를 이겨낼 전략을 짰다.

그러면 이신은 또다시 그런 질 드 레의 전략을 파훼시킬 새 전략을 짜는 경쟁이 끊임없이 계속되는 것이다.

폭풍 성장을 하는 질 드 레의 실력에 비례하여서 이신의 서열전 실력도 점점 완성되어 갔다.

처음에는 프로게이머로서의 경험에 다소 의존했지만, 이제는 스페이스 크래프트에 없는 다양한 시도도 하며 꾸준히 성장한 것이다.

두 사람은 함께 시너지를 받으며 무서운 실력자로 거듭났다.

'조금은 아깝기도 하군.'

이신은 질 드 레를 볼 때마다 아쉬움이 들었다.

잘 가르친 덕에 훌륭한 연습 상대가 되었지만, 말 그대로 연습 외에는 질 드 레를 써먹을 길이 없었다.

물론 그것만으로도 매우 중요한 역할이었으나, 서열전에서도 질 드 레가 활약할 여지가 있었더라면 더 좋았을 뻔했다.

당장 계약자로 나서도 20위 안에는 들 만한 실력을 갖췄다고 이신은 질 드 레를 평가하고 있었다.

'일단은 내가 떠나도 후임 계약자 문제는 걱정 없겠지만.'

개인적으로 악마군주 그레모리에게 큰 은혜를 받았다고 생각하고 있었기 때문에 자신이 떠난 뒤의 문제까지 완벽하게 대비한 이신이었다.

그 최선의 마무리가 지금껏 겸사겸사 키운 질 드 레였지만, 역시나 질 드 레의 뛰어난 실력을 보니 당장 써먹지 못하는 게 아쉬울 따름이었다.

'그렇다고 다시 사도로 임명할 수도 없는 문제군.'

그러려면 다른 사도를 해임해야 하는데, 지금의 다섯 사도는 누구 하나 포기할 수가 없었다.

아쉽지만 어쩔 수 없는 일이었다.

어쨌거나 그렇게 준비가 완료되었을 즈음이었다.

문득 이신의 뇌리로 누군가의 음성이 울려 퍼졌다.

—그간 잘 있었나?

그것은 나폴레옹의 목소리였다. 텔레파시로 말을 건넨 것이다.

'예, 그렇습니다만.'

—잠시 그대의 영지를 방문할까 하는데 허락하겠나? 물론 그레모리 님께는 허락을 받았지만.

이신의 영지는 그레모리의 영지 안에 있었기 때문에 우선 그녀의 허락이 필요한 게 당연했다.

'상관없습니다.'

사실 나폴레옹이 최근 제르지 카스트리오티와 만난다는 소문을 궁내의 악마들을 통해 들은 바 있었다.

필시 제르지 카스트리오티와 모의전 상대가 되어준 것일 터.

물론 나폴레옹이 그의 정보를 이신에게 누설하는 짓을 할 사람은 아니었지만, 어쨌거나 만나서 손해될 일은 없었다.

'좋다, 그럼 지금 가지.'

그리고…….

파아앗!

나폴레옹이 눈앞에 나타났다.

이신은 깜짝 놀랐다.

설마 나폴레옹이 텔레포트를 쓸 줄은 몰랐던 것.

'텔레파시에 텔레포트에… 이제는 인간이 아니라 악마라고 봐야겠군.'

"하하, 뭘 그리 놀라나?"

"갑자기 나타나셔서 조금 놀랐습니다."

"텔레포트는 어렵긴 해도 충분히 연습을 하면 가능하지. 너도 상급 악마이니 꾸준히 연습하면 될 거다."

그렇게 말하면서 나폴레옹은 이신의 이모저모를 유심히 살폈다.

"흐음, 그러고 보니 그대는 언제나 마력이 활성화되어 있지 않고 잠잠한 상태군."

가끔 회복을 쓰거나, 서열전 때 상대 악마군주가 뿜어내는 압박감에서 보호할 때 외엔 마력을 사용하지 않는 이신이었다.

"영지도 외부의 텔레포트에 대한 방어가 전혀 되지 않았고. 물론 그레모리 님의 영지 안이라 필요는 없겠지만, 너무 무방비한데."

"딱히 그럴 필요를 느끼지 못합니다."

"아직 마력을 활성화시켜 보지 않아서 그렇다. 마력을 쓰기 시작하면 팔다리와 눈이 100개씩 있는 듯한 기분이랄까?"

"확실히 인간과 거리가 멀어지겠군요."

"하하, 물론 비유다. 그렇지만 그대는 의도적으로 마력을 쓰지 않고 억제하는 것 같군. 역시 아직 살아 있는 사람이라 그런가?"

"예."

"인간으로 남고 싶은 미련이로군. 이해한다. 지금까지 인간으로 살아온 가치관을 쉽게 버릴 수는 없을 테니."

거기까지만 하고 나폴레옹은 화제를 전환했다.

"딴소릴 하느라 용건을 깜빡했군."

"일단 들어오시죠."

"그러지."

이신은 나폴레옹을 안으로 안내했다.

시녀 악마가 커피를 내오고 두 사람은 이야기를 나눴다.

"제르지 카스트리오티를 도와주고 계신다고 들었습니다."

이신이 먼저 말을 꺼냈다.

"하하, 흥미로운 친구였거든. 나도 겸사겸사 알렉산드로스
와의 일전에 대비한 훈련이 되었고."

그러면서 나폴레옹은 짓궂은 표정으로 이신을 응시했다.

"배신감 느끼나?"

"딱히. 저에 대해 발설할 만한 정보도 없잖습니까. 제 능력
이나 사도들에 대한 것들은 이미 널리 알려지기 시작했고."

"그렇지, 역시 성격이 시원시원하군. 그런데 제르지 그 친구
도 솜씨가 제법인 게 스칸데르베그라 불릴 만한 인물이었어.
나조차도 진지하게 했는데도 긴장감을 늦출 수 없었어. 그대
랑 대결한다면 아주 멋진 승부가 될 거다."

나폴레옹의 극찬.

그가 진심으로 했어도 긴장해야 했던 상대.

제르지 카스트리오티의 실력이 최상위에서도 통한다는 뜻

이었다.

"저도 기대하고 있습니다. 그런데……."

이신은 날카로운 눈매를 띠며 말을 이었다.

"진짜 용건은 혹시 관전하고 싶다는 겁니까?"

나폴레옹은 흠칫 놀랐다.

"어떻게 알았나?"

"축제 이후 지금까지 서열전을 못 하셨잖습니까. 심심하기도 하고 감이 떨어질까 봐 초조하기도 하겠죠. 모의전을 아무리 한데도 서열전과는 긴장감부터가 다르니까요."

"정확하군. 어찌 그리 잘 알지? 그대는 오랫동안 서열전을 못 한 적이 없을 텐데."

"대충 짐작은 할 수 있습니다."

공식전에 출전 못 하는 선수를 많이 본 이신이었다.

그걸 모르는 나폴레옹은 그저 감탄할 따름이었다.

"그렇다면 얘기가 빠르겠군. 제르지 카스트리오티에게는 훈련을 도와주는 것으로 대가를 치렀고. 그대에게는 어떤 대가가 필요하지?"

"저도 그걸로 하죠. 언젠가 제가 원할 때 모의전 상대가 되어주십시오."

이신은 대수롭지 않게 말했다.

딱히 서열전을 다른 계약자에게 보여준다 해도 문제될 건 없다고 이신은 생각했다.

다른 계약자들과 달리 한두 가지의 콘셉트만 가지고 있지 않기 때문.

어차피 모두에게 공개되는 공식전을 매번 치르는 이신의 입장에서는 새삼스러울 것도 없었다.

'다만 걸리는 게 없지는 않다.'

예를 들면 축제 때 이신에게 호되게 당한 후로, 절치부심을 한 원숭환.

놀랍게 정교해진 그의 포격전은 이제 이신이 투석기의 리스크를 짊어진 채 포격전으로 맞상대할 수 없게 되었다.

그처럼 이신이 무언가를 보여줄 때마다, 이를 본 계약자들이 혁명처럼 새로운 개념을 발견하여서 실력이 비약적으로 향상될 수 있는 것.

하물며 나폴레옹이라면?

이신이 무언가를 보여줄 때마다 그 진가를 알아보고 습득할 수 있었다.

이미 계약자들의 정점에 서 있는 그가 더 성장을 한다면?

"흔쾌히 허락해 줘서 고맙군. 많이 참고하도록 하겠어. 자네는 다른 계약자들과 달라서 배울 게 아주 많거든."

의욕 만만한 나폴레옹을 보며 이신은 내심 미소를 지었다.

'나도 별수 없는 놈이군.'

상대가 강해질수록 더 설레니 말이다.

승부가 주는 스릴에 못 말릴 정도로 중독된 이신이었다.

*   *   *

나폴레옹을 만나고서 며칠이 더 지났을 때, 이신은 모든 준비가 완료되었다.

"이만하면 되겠군. 모의전은 여기까지로 하자."

"예, 주군."

충실히 대답하는 질 드 레.

이신을 응시하는 그의 눈빛은 경이로 가득했다.

'소름끼치게 강하다.'

준비를 시작하는 단계에서는 모의전의 승률에서 질 드 레가 그렇게 압도적으로 밀릴 정도는 아니었다.

준비 기간의 중간쯤 단계에서는 오히려 질 드 레의 승률이 더 높을 때도 있었다. 이때는 이신이 여러 가지 구상과 실험을 반복하는 단계였다.

하지만 준비가 완료되었을 때는⋯⋯.

'절대로 못 이기겠다. 주군을 이길 상대는 없다.'

그랬다.

질 드 레는 오늘 여러 차례의 모의전을 치르면서 단 한 번도 이기지 못했다.

무슨 시도를 해도 모조리 막혀 버렸다.

끝내 마지막 모의전에서는 할 수 있는 게 아무것도 없는 막

막힘을 맛봤다.

완벽한 태세!

진정한 준비란 무엇인지 이렇듯 매번 이신을 보며 배우게 되는 질 드 레였다.

'상대가 불쌍하군.'

질 드 레는 계약자의 지위에서 쫓겨나 지금에 이른 것을 감사히 여겼다.

그도 한때 계약자였기 때문에 서열전의 중압감을 알고 있었다.

자신이 모시는 악마군주의 마력과 지위, 그리고 그 악마군주의 진영 전체가 걸린 싸움이기 때문이다.

그런 대결에서 상대로 이신을 만난다?

'기회가 주어진데도 난 절대로 못하겠다.'

질 드 레는 고개를 절레절레 내저었다.

하지만 자신의 주군이 또 멋지게 승리할 걸 생각하니 이내 미소가 감돌았다.

다음 날.

[악마군주 그레모리 님과 악마군주 레라지에 님의 서열전입니다. 전쟁의 승패가 서열과 마력에 영향을 줍니다. 마력은 10만이 베팅됩니다.]

[마력 10만이 마력석이 되어 전장에 유포됩니다.]

[종족을 선택해 주십시오.]

"휴먼."

"마물."

이신은 제르지 카스트리오티와 전장에서 마주하게 되었다.

역사서로만 보았던 알바니아의 영웅은 구릿빛 피부에 덥수룩한 수염을 기른 호쾌한 인상의 사내였다. 크고 부리부리한 눈빛은 광채가 나올 듯이 위압감이 넘쳤다.

'스칸데르베그.'

알바니아의 수도 티라나의 스칸데르베그 광장에는 이 남자의 동상이 서 있어 전 국민의 사랑을 받고 있다.

나폴레옹도 이 사내의 실력을 인정했다.

최상위에서도 통할 실력을 가진 자.

'그럼 나는 얼마나 통하나 간접적으로 시험해 주지.'

이신의 눈이 더욱 승부의 희열로 물들었다.

그런 이신과 마주 보며 제르지 카스트리오티도 깊은 인상을 받았다.

'위험한 눈빛이군.'

문득 어떤 남자가 떠올랐다.

호기심이 강해 여러 나라의 언어를 두루 익혔고 역사서를 탐독하며 카이사르와 알렉산드로스 대왕을 동경한 남자.

불과 12세에 임시 술탄에 즉위했을 때 동로마를 쳐야 한다고 주장했다던 황당무계한 남자. 그 남자는 21세에 정말로 그 일을 해냈더랬다.

그를 연상케 하는 위험한 인상이었다.

하지만,

'그도 내가 살아 있을 적에는 알바니아를 무릎 꿇리지 못 했다.'

제르지 카스트리오티도 호승심에 휩싸였다.

[서열전이 시작됩니다.]

[악마군주 그레모리 님의 계약자 이신 님과 악마군주 레라 지에 님의 계약자 조르지 카스트리오티 님께서 참전합니다.]

제8장

격전

"재미있는 대결이 되겠군요."

두 거물 악마군주와 함께 서열전을 관전하는 나폴레옹은 얼굴에 흥미가 가득했다.

"제르지 카스트리오티는 공격성이 매우 강한데, 이신도 걸 어오는 싸움에 발을 뺄 성격이 아니라서 말이지요. 시종일관 유혈이 흐르는 격전의 연속일 겁니다."

제1 전장 아스테이아.

이신은 11시에서, 제르지 카스트리오티는 대각선 방향인 5시 에서 출발했다.

무난해야 할 시작 직후부터 특이점이 보였다.

"정찰을 다른 노예가 하네요?"

그레모리가 의아함을 드러냈다.

이신의 서열전을 숱하게 봐온 그레모리는 사도 콜럼버스가 정찰 담당이라는 걸 잘 알고 있었다.

그런데 정찰을 하러 출발한 노예는 콜럼버스가 아닌 다른 노예였다.

이를 본 나폴레옹이 친절하게 나름대로의 해석을 들려주었다.

"치열한 싸움이 될 것을 대비한 겁니다. 일찍부터 전투가 터질 수 있으니 콜럼버스를 본진에 놔둔 거죠."

"그러면 오히려 평소보다 훨씬 조심스러운 모습인데요."

"꼭 그렇지는 않을 겁니다. 콜럼버스를 본진에 놔둔 만큼 더 과감하게 움직일 테니까요."

나폴레옹의 말은 들어맞았다.

로흐샨과 로빈 후드.

궁병이 그렇게 2명까지 소환되었을 때, 이신은 앞마당에 마력석 채집장을 구축하기 시작한 것이다.

평소라면 심시티로 본진 출입구를 막아놓고 앞마당을 지킬 수 있을 만한 병력이 모일 때까지 잠자코 기다렸을 터였다. 그런데 이번에는 바로 앞마당에 나와 확장을 시작한 것이다.

"무모해 보이지 않나요?"

"궁병 2명에 콜럼버스, 그리고 여차하면 노예들까지 동원하여서 방어하면 된다고 판단이 선 모양입니다."

이신은 계속해서 필요한 건물을 앞마당에 짓기 시작하며 심시티 구축에 나섰다.

'호오?'

나폴레옹은 내심 이신의 앞마당 건물 배치에 놀라움을 표했다.

앞마당에 짓는 사령부와 비스듬하게 붙여서 식량창고를 건설했다. 그것으로도 본진으로 침투하는 걸 방지하는 바리케이드가 되었다.

그 바리케이드를 중심으로 소환되는 궁병들이 속속 모여서 방어 태세. 그러면서 노예 1명을 추가로 정찰 보내는 조심성도 보였다.

그것은 적절했다.

추가로 보낸 노예가 헬하운드 6마리와 맞닥뜨린 것이다.

헬하운드들은 7시를 거쳤다가 1시로 방향을 틀었는데, 그러다 보니 7시로 정찰을 가던 노예가 만났다.

노예는 헬하운드들을 보자마자 본진이 아니라 3시 방향으로 도망쳤다.

물론 이는 이신의 지시였다.

헬하운드들은 3시 방향으로 도망치는 노예를 뒤쫓았다.

"크르릉!"

"컹컹!"

"으아악!"

노예는 필사적으로 도망쳤지만, 도주하는 솜씨가 콜럼버스처럼 훌륭하지는 못했다.

결국 헬하운드들에게 물어뜯겨 사망했다.

대신 노예를 뒤쫓느라 3시 방향으로 달린 탓에 이신의 진영까지 도착하는 시간이 지체되었다.

그 틈에 이신은 계속 궁병 소환에 박차를 가하고, 노예들을 5명까지 앞마당에 추가로 배치하여서 방어에 동원했다.

뒤늦게 헬하운드들이 들이닥쳤을 때는 이미 방어 태세가 다 갖춰진 상태였다.

"크르르릉!"

헬하운드들은 공격하지는 못하고, 다만 금방이라도 달려들 것처럼 위협만 했다.

그런데 오히려 이신이 과감하게 나섰다.

로흐샨이 불쑥 앞으로 나서서 화살을 쏜 것!

[계약자 이신의 사도 중급 악마 로흐샨이 능력 유도 사격을 사용합니다.]
[로흐샨과 가까운 아군 석궁병 10인이 동일한 타이밍에 동일한 지점을 적중시킵니다.]

쉬쉬쉭—

콰콱!

"캥!"

유도 사격 능력에 의하여 여러 발의 화살이 일제히 한 헬하운드에게 적중되었다.

헬하운드는 심각한 부상을 입고 비틀거렸다.

"멋진 웅용이다!"

나폴레옹이 미소를 지으며 감탄했다.

로흐샨은 아슬아슬한 사거리에서 화살을 쐈다.

그런데 유도 사격 능력에 의하여, 사거리 밖에 있었던 다른 궁병들의 화살까지 모두 헬하운드에게 적중된 것이다.

로흐샨만 사거리 안에서 쏘면, 주변의 다른 궁병들은 사거리 밖에 있어도 일점사격이 가능한 것이다.

다른 헬하운드들이 앞으로 돌출한 로흐샨에게 덤벼들려 했으나, 로흐샨은 냉큼 다시 뒤로 물러나 바리케이드 뒤에 쏙 숨었다.

궁병이 계속 소환되어서 충원되자, 방어에 동원되었던 노예들도 다시 일을 하러 돌아갔다.

앞마당 마력석 채집장이 원활하게 돌아가기 시작했다.

평소보다 더 부유하게 출발하고 방어도 해냈으니 이만하면 성공적인 출발이었다.

양측은 계속 신경전을 벌였다.

로흐샨은 계속 화살을 쏘며 헬하운드들에게 시비를 걸었다.

제르지 카스트리오티는 헬하운드를 계속 소환했는데, 이신에게는 6마리만 보여주고 나머지는 인근에 숨겨두었다.

언제든 틈만 보이면 달려들어서 끝장을 볼 수 있는 전력이었다.

"공격할 태세죠?"

그레모리는 어느새 서열전에 대한 현황을 나폴레옹에게 계속 묻고 있었다.

나폴레옹은 고개를 저었다.

"공격 들어가면 막힙니다."

"제 눈에는 헬하운드의 숫자가 매우 많아 보이는데요."

"앞마당에서 마력석을 캐는 노예들이 즉각 동원되고 건물을 끼고 수성할 겁니다. 막힙니다. 제르지 카스트리오티도 그걸 알고 있으니 먼저 공격 들어가는 시도를 하지 않을 겁니다."

"그럼?"

"나오길 기다렸다가 잡아먹겠죠."

정면에서 어슬렁거리는 헬하운드는 6마리뿐.

겉보기에는 그냥 앞에서 얼씬거리며 감시하는 걸로 보이지만, 그 뒤에는 훨씬 많은 헬하운드가 매복해 있었다.

앞마당으로 진입하는 통로를 중심으로 양쪽에 나뉘어 잠복.

이신의 병력이 나오면 협공을 가하여서 섬멸해 버리고 역습을 가할 속셈이었다.

하지만 이신이 확인할 수 있는 건 앞에 보이는 6마리뿐이었다.

이신은 차분히 병력을 구성하기 시작했다.

대장간이 완공, 무기를 개발하면서 장창병과 방패병도 고루 소환하기 시작했다.

무기 개발이 완료되고 병과도 석궁병 다수에 장창병과 방패병이 고루 섞인 균형 잡힌 병력이 되었다.

마침내 이신이 출진했다.

아껴두고 있었던 콜럼버스까지 대동하고서 출진.

헬하운드 6마리가 적당히 물러서며 유인했다.

일촉즉발의 긴장감!

제르지 카스트리오티는 언제 덮칠지 타이밍을 재고 있었다.

'싸우겠군.'

나폴레옹도 유심히 지켜보았다.

마침내 이신의 병력이 바깥으로 나오자, 헬하운드들이 일제히 달려들었다.

"크르르릉!"

"공격이다!"

이신의 병력은 즉각 대형을 유지한 채 뒷걸음질로 물러나기 시작했다.

하지만 일단 칼을 뽑아 든 제르지 카스트리오티도 물러나지 않았다. 헬하운드들이 집요하게 달라붙어 물어뜯었다.

혈전!

이신의 컨트롤이 빠르게 펼쳐졌다.

방패병들이 한쪽을 막고, 다른 한쪽은 장창병들이 막았다. 석궁병들은 그들을 내버려둔 채 뒷걸음질을 하면서 무빙 샷을 펼쳤다.

뒷걸음질을 치며 활시위 장전, 발사, 다시 장전하며 뒷걸음질, 발사!

진형은 양면에서 덮쳐진 탓에 이신이 불리했으나, 양상은 이상하게 흘러갔다.

이신의 컨트롤에 의하여, 석궁병 4명당 헬하운드 하나씩을 지정해 집중 공격하는 지시가 속사포처럼 하달된 것이다.

거기다가 마비침 5발을 모두 써서 지원한 콜럼버스에 이신이 빙의하여 회복 능력까지 펼쳤다.

[계약자 이신 님께서 고유 능력을 사용합니다. 1초에 5마력씩 소모됩니다.]

[주변의 모든 아군의 체력이 회복됩니다.]

[치유 능력이 적용되는 범위를 조절할 수 있습니다.]

[적용 범위가 좁을수록 치유 효과가 상승합니다.]

이신은 치유 능력의 범위를 최소로 좁혀서 효과를 극대화시켰다.

공격받는 아군 병사를 일일이 지정해 회복시켜 주며 효율을 120%로 활용!

'전술적으로는 카스트리오티가 우월했는데, 싸움은 이상하게 흘러간다.'

나폴레옹은 놀라움을 금치 못했다.

전술적으로는 양면 매복 기습을 행한 제르지 카스트리오티의 우세였다.

그런데 용병술이라고 해야 할까?

아니, 어쩌면 그보다 더 작은 단위인지도 몰랐다.

이신의 병사들이 싸우는 방식이 일사불란하고 교묘하기 짝이 없었다.

이신의 회복 능력까지 더해져서 불리한 형세가 점점 보완되더니, 끝내 역전되고 말았다.

물론 이신도 피해가 만만치 않았다.

이존효의 전사.

살아남은 건 로흐샨을 비롯한 석궁병 6명이 전부였다.

"아직 안 끝났습니다."

나폴레옹이 말했다.

제르지 카스트리오티의 진영에서 헬하운드들이 계속 달려오고 있었다.

이신도 본진에서 추가 소환된 병사들이 합류하여서 또다시 한바탕 전투가 벌어졌다.

또다시 덮쳐드는 다수의 헬하운드는 위협적이었으나, 이번에도 이신은 용병술로 극복했다.

화살을 쏘고 뒷걸음질 치고를 반복하는 특유의 무빙 샷과 적절한 일점사격 지시, 그리고 회복 능력이 곁들어진 결과였다.

2차전 후에 잠시 소강상태에 접어들었다.

제르지 카스트리오티는 헬하운드를 계속 충원하면서 마룡도 같이 소환하기 시작했다.

이신도 병영을 늘려서 병력을 대량으로 소환하기 시작했고, 그러면서도 특수병영을 완공시키는 등 테크 트리도 올렸다.

"카이저와 대등하게 싸우는 계약자는 처음 보는군요."

그레모리가 말했다.

그러자 나폴레옹이 고개를 저었다.

"아니요, 카스트리오티가 지고 있습니다."

"그런가요?"

전투의 득실에서 조금 손해를 봤으나, 전략적인 의미로 본다면 대신 휴먼의 병력 진출을 막았으니 엇비슷한 상황.

하지만 똑같이 싸웠는데도 시간이 지나니 이신이 좀 더 유리해져 있었다.

어째서인지 나폴레옹은 유심히 관찰했기 때문에 알 수 있었다.

'싸우고 있을 때도 이신은 자기 본진까지 놓치지 않고 관리했다.'

급박하게 돌아가는 전투 중에도, 이신은 노예를 새로 소환해 마력석 채집을 시키고, 병영에서 꾸준히 병력을 소환케 했다.

반면에 카스트리오티는 전투에 집중하느라 그런 부분은 신경 쓰지 못했다.

전투가 끝나고서 다시 관리했지만 말이다.

한마디로 멀티태스킹의 차이.

'여러 가지 일을 병행하는 능력에서 이신이 월등하다.'

나폴레옹으로서는 놀라운 일이었다.

전략 단위에서도, 전술 단위에서도 특별히 우세하지 않았는데도 시간이 지날수록 자연스럽게 유리해지는 것.

한 번에 여러 가지를 병행하는 능력의 중요성을 나폴레옹으로 하여금 느끼게 한 장면이었다.

"끼이이익!"

"끼익!"

마물 진영에서 마룡들이 소환되었다.

마룡 편대는 헬하운드들과 함께 다시 진격을 개시했다.

이번에는 공중과 지상에서 협공하여서 다채로운 전술을 펼쳐 이신을 공략할 요량인 듯했다.

한편 이신도 무언가를 준비하고 있는 듯했다.

특수병영에서 무언가가 소환되고 있었는데, 나폴레옹은 당연히 공병일 거라고 생각했다.

공병이 있어야 투석기를 제작할 테니 말이다.

그런데…….

[기사가 소환 완료되었습니다.]
[계약자 이신 님의 사도 서영이 소환 완료되었습니다.]

이신의 판단은 뜻밖에도 기사였다.

지상전에서 우위를 차지할 수 있는 막강한 화력의 투석기가 아니라, 기사를 택한 것이다.

'무슨 생각이지?'

이신은 제르지 카스트리오티가 마룡을 소환할 거라는 걸 예상하고 있었다.

'그냥 지상전에서는 만만치 않다는 걸 알았겠지?'

쓴맛을 본 카스트리오티가 정면 대결을 피하고 공중 루트를 통해 측·후면에서 괴롭힐 거라는 심리를 꿰뚫은 것이다.

그래서 판단한 것이 투석기가 아니라 기사였다.

기사는 지대공 수단도 없고, 공격력도 투석기처럼 강하지 않다.

그럼에도 기사를 택한 건 이유가 있었다.

'가자.'

준비를 마친 이신은 일부 석궁병들만 본진 방어를 위해 놔두고, 주력 병력을 이끌고 출진했다.

헬하운드들이 이신의 진영 앞을 서성이며 계속 관찰 중이었기 때문에 카스트리오티도 이를 포착했다.

이신은 일단 염탐하는 헬하운드들부터 쫓아냈다.

감시가 사라지자 비로소 기사 3기도 내보냈다.

석궁병, 장창병, 방패병으로 이루어진 주력 군대는 카스트리오티의 진영이 위치한 5시로 곧장 진격.

하지만 기사 3기는 조용히 1시 방향으로 빙 돌아서 이동했다.

아슬아슬한 순간까지 기사들의 존재를 모르게 하기 위해서였다.

*   *   *

제르지 카스트리오티도 마물 군단을 출격시켰다.

양측은 서로 전장의 중앙에서 만나 맞붙는가 싶었지만, 이내 카스트리오티가 먼저 뒤로 빼버렸다.

'지금부터다.'

관전하던 나폴레옹이 중얼거렸다.

'카스트리오티의 진가는 지금부터다.'

마룡과 헬하운드로 구성된 마물 군단은 휴먼 병력을 피해 시계 방향으로 거슬러 올라가 이신의 본진을 노렸다.

이에 따라, 이신도 본진을 공격받는 것을 막아야 하기에 병력을 다시 후퇴시켰다.

카스트리오티도 다시 마물 군단을 철수시켜 버렸다.

정면충돌을 피하여 후방 역습을 노리는 위협.

그렇게 상대의 병력을 뒤로 빼게 만들면서 계속 시간을 지체시키는 전술이었다.

'지연 전술로 끈질기게 괴롭혔지.'

계속 상대의 공격을 지연시키며, 기회가 될 때마다 역습으로 괴롭히는 카스트리오티.

계속 주도권을 쥐고서 시종일관 공격자의 입장을 유지하는 전략 패턴이었다.

나폴레옹도 훈련을 도와줄 때, 그 같은 패턴에 계속 어려움을 겪어야 했다.

계약자들의 정점에 선 그가 어려워했을 정도이니, 최상위 서열에서 충분히 먹힐 만한 실력과 전략 콘셉트라는 뜻이었다.

'나는 내 방식대로 이겨냈지만, 과연 이신은 어떻게 이겨낼까?'

나폴레옹의 경우, 아예 바늘 하나 안 들어갈 정도로 빈틈없게 움직였다.

빈틈이 없는 대신 공격 속도도 매우 느렸지만, 한 발 한 발 차근히 나아가며 상대를 점차 압박했다.

결국은 상대를 코너로 몰아넣어 봉쇄시키는 형태가 이루어져 승리를 따냈다.

문득 나폴레옹은 시계 방향으로 전장을 크게 우회하는 기사들을 보았다.

'그는 맞불을 놓을 작정이군.'

기사 3기는 곧 6시에 있는 카스트리오티의 마력석 채집장을 습격했다.

"돌진!"

콰지지직!

콰지직!

"끼엑!"

"키엑!"

기사들은 돌격 기술을 사용하여서 마력석을 캐던 클로 4마리를 죽였다.

헬하운드들이 몰려왔지만, 기사들은 상대해 주지 않고 말을 타고 도망 다니며 클로들만 집요하게 죽였다.

도합 6마리를 죽인 뒤에 반대편 출입구로 도망쳤다.

그러고는 다시 뒤돌아서 쫓아오는 헬하운드들과 전투!

"크르르릉!"

"컹컹!"

헬하운드들이 덤벼들었지만, 대열이 제대로 갖춰지지 않은 틈을 노려서 기사들이 불쑥 역습을 취한 것이다.

"깨앵!"

헬하운드 2마리를 더 처치한 뒤에 기사들은 다시 도망쳤다. 헬하운드들에게 둘러싸이기 전에 잽싸게 발을 뺀 것이다.

헬하운드들을 뒤에 달고서 계속 질주.

이번에는 본진이 있는 5시로 향했다.

물론 5시에서도 헬하운드들이 튀어나와 기사들을 맞이했다.

앞뒤에서 공격받게 될 위기였지만, 그때 기사들은 방향을 옆으로 꺾었다.

그 길로 다시 6시로 가서 또다시 클로 2마리를 죽인 뒤에 빠져나왔다.

불과 기사 3기가 그 같이 헤집고 다니자 카스트리오티의 진영이 흔들렸다.

말을 타고 달리는 기사들은 헬하운드들보다 빨랐다.

기동성을 활용해 누비고 다니니, 카스트리오티는 마룡들을 동원하는 수밖에 없었다.

기사들을 처치하기 위하여 마룡들이 철수하자, 이신은 기다렸다는 듯이 주력 병력을 다시 진군시켰다.

마룡들이 빠졌으니 지연 전술을 펼칠 수가 없었다.

이신은 제지받지 않고 전장의 중앙 지역을 넘었다.

그러는 동안 마룡들은 기사들과 술래잡기를 하고 있었다.

기사들은 마룡들을 뒤에 달고 최대한 도망쳤다.

이동 속도는 비슷했다.

하지만 장애물의 영향 없이 날아다닐 수 있는 마룡들을 따돌릴 수는 없었다.

서영을 비롯한 기사 3기는 장렬히 전사하였다.

하지만 그러는 동안 이신은 이미 카스트리오티의 진영 가까이에 도달한 상태였다.

'그렇군. 빠른 기사로 마룡들을 휘두를 생각이었어.'

기사들을 잡으러 다니느라 마룡들이 지연 전술을 펼치지 못했다.

그러는 동안 이신은 5시에 거의 다다랐다.

이제 와서 다시 이신의 본진을 빈집털이 하려는 모션을 취한다 해도, 이신이 카스트리오티의 본진을 치는 게 더 빠를 터였다.

하는 수 없이 카스트리오티가 수비하는 입장에 처한 것.

공격의 주도권은 한순간에 이신의 것으로 바뀌었다.

기사 3기를 투입해 특공을 펼쳐 얻어낸 성과였다.

카스트리오티는 움츠러들었다.

본진 앞마당에 화염진을 지어서 방어를 보강했다.

헬하운드들과 마룡들도 이신이 공격해 들어갈 경우 뒤에서 쳐서 앞뒤로 싸 먹을 준비를 했다.

하지만 이신은 굳이 들어가지 않았다.

화염진으로 방어된 곳에 들어가 봤자 싸 먹힐 뿐이란 걸 알고 있었다.

이신은 주력 병력은 그냥 그곳에 놔두었다.

그것만으로도 카스트리오티는 수비 때문에 병력을 움직이지 못했다.

갑자기 턱밑까지 숨통이 조여진 제르지 카스트리오티!

그때, 이신의 본진에서 추가 병력들이 모습을 드러냈다.

나폴레옹은 그만 감탄을 입 밖에 내고 말았다.

"멋지다!"

바로 투석기였다.

투석기 2기가 제작 완료되자마자 이동하고 있었다.

마물 병력이 본진 수비 때문에 발이 묶인 사이에 투석기들은 아무런 제지도 받지 않고 유유히 이동하고 있었다.

'이동 도중에 공격받지만 않으면 투석기의 단점은 사라지지.'

중간에 적과 마주치면 투석기는 다시 재조립과 분해의 번거로운 과정을 겪어야 했다.

하지만 카스트리오티는 투석기의 이동을 방해할 여력이 없었다.

게다가 투석기뿐만이 아니었다.

노예들도 3명이 포함되어 있었다.

투석기 2기가 제지받지 않고 카스트리오티의 앞마당 앞까지 도착하였다.

투석기가 재조립되는 동안, 함께 온 노예 3명이 일제히 화살탑을 짓기 시작했다.

"봉쇄하는군요. 이제 대결은 끝난 것이나 다름없습니다."

"그런가요?"

그레모리의 물음에 나폴레옹은 고개를 끄덕였다.

"가만히 있어도 투석기가 긴 사거리를 활용해 앞마당에 바위를 쏴서 공격합니다. 결국 바위에 맞아 앞마당이 박살 나겠죠. 그렇다고 싸우자니 이신의 진형이 너무 좋습니다."

저 화살탑 3채는 쐐기나 다름없었다.

저게 완성되면 카스트리오티는 저 봉쇄를 뚫을 수가 없다.

이신은 화살탑을 지으면서 카스트리오티에게 가만히 있지 말고 어서 덤비라고 강요하는 것이었다.

결국 카스트리오티는 병력을 총동원하여 돌파에 나섰다.

투석기들이 바위를 날려 헬하운드들을 짓뭉개 버렸다.

석궁병들은 마룡들에게 볼트 세례를 날렸다.

방패병들과 장창병들도 스크럼을 갖추며 헬하운드들을 막아냈다.

흐르는 유혈!

하지만 승자가 누구인지는 아주 뚜렷했다.

[악마군주 레라지에 님의 계약자 제르지 카스트리오티 님께서 패배를 선언하셨습니다. 악마군주 그레모리 님의 승리입니다.]

[악마군주 그레모리 님께서 마력 5만을 획득하셨습니다.]

[악마군주 그레모리 님의 마력 총량이 1,884,710이 되셨습니다. 서열의 변동은 없습니다.]

[악마군주 레라지에 님의 마력 총량이 1,931,400이 되셨습니다. 서열의 변동은 없습니다.]

"제길! 기사를 몰랐군."

제르지 카스트리오티는 아쉬움을 토했다.

당연히 이신이 투석기를 동원할 거라고 생각했는데, 기사로 허를 찔렸다.

기사들과 술래잡기를 하느라 마룡들이 제대로 활약을 못한 게 너무 뼈아팠다.

미리 알았더라면 접근하기 전에 먼저 마룡들로 공격해 제거했을 터였다.

심리의 허를 찔린 그 한 방으로 그럭저럭 잘 싸워 유지했던 엇비슷한 형세가 무너져 버렸다.

'하지만 계속 싸웠더라도……'

나폴레옹은 생각이 달랐다.

그는 똑똑히 보았다.

싸울 때마다 형세가 이신에게 조금씩 기울고 있었던 것을.

단지 싸움을 더 잘했다는 문제가 아니었다.

싸움을 하는 동안에도 이신은 본진 운영을 놓치지 않고 꼼꼼히 했다. 싸우는 중에도 계속 노예를 소환해 마력석 채집을 시키고, 병력을 추가로 소환했다.

그것은 아주 근본적인 역량의 차이였다.

상대가 한 가지 일을 할 때 자신은 세 가지 일을 할 수 있다는 것!

아직 제르지 카스트리오티는 그 차이를 실감하지 못했다.

'단지 기사들의 기습을 몰랐기 때문에 졌다고만 알고 있겠지.'

그렇다면 제르지 카스트리오티의 전의는 꺾이지 않는다.

물론 상대에게 위축되면 안 된다지만······.

'이길 수 있을 것 같으니까 계속 싸우려 할지도 모른다.'

나폴레옹이 보기에는 악마군주 레라지에 측은 피해를 최소화하는 마력 베팅을 해야 했다.

그것도 져서 서열이 변동되면, 도전하지 말고 그대로 대결을 끝내야 했다.

나폴레옹이 시선을 이신에게로 돌렸다.

이신은 유심히 제르지 카스트리오티를 응시하고 있었다.

먹잇감을 관찰하는 눈빛.

'계속 싸워주길 원하는군.'

오싹했다.

적이 전의를 가질수록 기뻐하고 있는 이신.

겁먹지 말고 계속 싸워주길 바라고 있었다.

완벽한 자신감!

저보다 더 무서운 상대가 어디 있단 말인가?

"전장은 동일하게, 베팅도 똑같이 5만 마력이다."

활과 화살통을 맨 남자의 모습을 띤 악마군주 레라지에가 말했다. 레라지에는 이신을 노려보며 계속 말했다.

"소원을 빌어라."

"마력입니다."

"받아가라."

[악마군주 레라지에 님의 마력 19,314가 계약자 이신 님에게
전달됩니다.]

[마력: 86,168/86,168]

원숭환과의 일전에서 승리했을 때 소원으로 얻은 마력까지
합하여 총 8만을 넘긴 이신.

이신은 2차전을 앞두고서 사도 둘을 더 상급 악마로 만들
기로 했다.

'이존효와 서영에게 마력을 2만씩 부여한다.'

[계약자 이신 님의 마력 2만이 사도 이존효에게 전달됩니다.]

[사도 이존효가 상급 악마가 되었습니다.]

[계약자 이신 님의 마력 2만이 사도 서영에게 전달됩니다.]

[사도 서영이 상급 악마가 되었습니다.]

상급 악마가 되자 이존효과 서영의 프로필도 달라졌다.

[이존효(휴먼, 창병)

무기: 혼천절(공격력 +7%)

방어구: 용린갑(방어력 +5%)

능력: 광기(주위 아군의 공격력이 크게 강화됩니다. 사도 이존효가 살아 있는 한 효과가 지속됩니다.)]

[서영(휴먼, 기사)

무기: 장창(공격력 +5%)

방어구: 명광개(明光鎧)(방어력 +7%)

능력: 사기(아군을 각종 혼란에서 회복시키고 일시적으로 사기와 방어력을 크게 상승시킵니다.)]

광기는 이존효가 죽기 전까지 지속되는 걸로 변했고, 서영의 사기는 아군의 방어력까지 상승시키는 효과로 진화했다.

이신은 미소를 지었다.

"이제 시작하죠."

프로게이머로서 이신이 다전제에서 단 한 번도 패배하지 않은 대기록을 세운 가장 중요한 비결은 심리전.

상대가 무슨 생각을 하고 있는지 유추하는 능력.

그 점에 대해 이신은 거의 타고났다고 봐도 무방했다.

다전제에서 이신이 규정한 심리전의 철칙이 있다.

첫 번째 대결에서 반드시 승리할 것.

스코어에서 리드하고 있는 쪽은 쫓기는 쪽보다 심리적으로 단연 우위에 있다.

지고 있는 쪽의 생각은 패턴이 정해져 있다.

내가 왜 졌을까?

상대가 또 그 전략을 사용할까?

다음 판은 반드시 승리해야 해.

대개 그런 생각에 휩싸여 있는 것이다.

그것만 이해한다면, 리드하는 입장에서 상대의 머릿속을 들여다보기는 매우 쉬워진다.

1차전을 승리로 장식한 후, 이신이 한 일은 제르지 카스트리오티를 유심히 관찰하는 것이었다.

'아주 분하다는 표정이었지.'

이길 수 있다고 생각하고 있을 것이다.

기사 3기를 우회시켜서 기습적으로 찌른 전략에 당하지만 않았더라면 해볼 만했다고 생각했으리라.

하지만 이신이 1차전을 해보고 내린 견적은 달랐다.

'얼마든지 이길 수 있겠군.'

전술적인 부분에서는 뛰어난 면모가 많았다. 하지만 기본적인 피지컬에서 격차가 있었다.

이신은 그것을 마지막 전투에서 보았다.

'마지막 싸움 때 물량이 생각보다 별로였지.'

병력 숫자만 봐도 상대의 피지컬을 가늠할 수 있는 것은 이신에게는 당연한 소양.

하지만 제르지 카스트리오티에게는 아직 없는 소양이기도 했다.

아마 1차전에서 두 사람이 명령을 내린 회수를 종합해 보면 이신이 2배가량 많을지도 몰랐다.

'그렇다면…….'

이신은 생각했다.

실력 차이를 굳이 보여줄 필요는 없다.

근본적인 격차가 있다는 것을 보여주지 않는다면, 이번 2차전에서 지더라도 계속 싸우려 들 터.

그러면 또 싸워서 이기고 마력을 따낼 수 있다.

단시간에 순위를 빨리 올리고 싶은 이신으로서는 이로운 일이었다.

'전략 승부로 간다.'

이신은 제르지 카스트리오티를 어떻게 요리할지 방향을 잡았다.

2차전도 특별한 전략으로 꺾는다.

그러면 실력 차이를 아직 체감 못 한 카스트리오티가 설욕을 하겠다고 도전해 올 것이다.

이신의 머릿속에 금방 빌드 오더가 하나 떠올랐다.

* * *

"이번에는 출입구를 막네요."

그레모리가 말했다.

그녀의 말대로 이신은 이번에는 본진 출입구를 건물로 틀어막았다.

아슬아슬하게 사람 하나가 간신히 통과할 정도의 빈틈만 남긴 건물 배치였다.

일찌감치 앞마당에 마력석 채집장을 지어버린 1차전의 과감함은 온데간데없었다.

"이번에는 조심스럽게 하는 건가요?"

그레모리가 물었다.

어느새 그녀의 곁에서 해설가 노릇을 하게 된 나폴레옹은 고개를 저었다.

"그렇게 단정 짓기에는 저 노예가 가는 방향이 심상치 않군요."

나폴레옹은 이신이 정찰을 보냈던 노예를 지적했다.

7시에 이르러 제르지 카스트리오티의 진영 위치를 확인한 노예는 더 염탐하지 않고 곧장 그곳을 빠져나왔다.

그러고는 바로 옆인 9시 지역으로 숨어 들어가는 게 아닌가. 무슨 일을 꾸미는 게 아닌 이상 저기로 향하는 이유가 없었다.

아니나 다를까?

이신은 그곳에다가 특수병영을 몰래 건설하기 시작했다.

"무슨 일을 꾸미는군!"

악마군주 레라지에가 불쾌한 듯이 소리쳤다. 그의 표정에는 자신의 계약자가 질지도 모른다는 불안감이 깃들어 있었다.

"기사로군."

나폴레옹은 단언했다.

이신의 위치는 1차전 때와 마찬가지로 11시였다.

11시에서 멀리 떨어진 9시 구석에 홀로 지어버린 특수병영.

저기서 공병을 소환해 투석기를 제작할 가능성은 희박했다. 투석기는 호위해 주는 다른 병력이 없이는 제대로 위력을 발휘할 수 없으며, 무엇보다도 제작 완성까지 너무 오래 걸린다.

그러니 기사밖에 없었다.

앞마당에 마력석 채집장을 짓지 않고, 궁병조차도 아껴 뽑으며 테크 트리를 올리는 이신.

최단 시간에 기사를 소환하여서 제르지 카스트리오티를 기습하겠다는 의도였다.

최대한 빠른 타이밍을 위하여 9시에 건설하는 과감함마저 보였다.

11시에서 7시로 이동하는 것보다, 9시에서 7시로 이동하는 게 동선이 더 단축되기 때문.

게다가 11시—7시 구간은 헬하운드들이 서성거리며 감시하고 있었다.

1차전의 교훈도 있고 해서 더욱 시야 확보에 철저한 카스트리오티.

그런 감시를 피해 그의 본진까지 접근하기 위해 9시에 특수 병영을 숨겨 지었다.

'몇 수 앞을 보는군.'

카스트리오티도 1차전에서 당한 게 있기 때문에 기사를 조심하자는 생각을 하고 있을 터였다.

그럼에도 또 기사를 택했다.

다만 카스트리오티가 생각지 못했던 타이밍에 찌를 의도였다.

나폴레옹이 보기에는 이신의 수가 카스트리오티보다 더 앞서가고 있었다.

이윽고 기사가 소환되었다.

이신은 아직 공격에 나서지 않고 기사가 충분히 모일 때까지 기다렸다.

본진에서도 특수병영을 건설하여서 기사를 소환했다.

그리하여서 본진에 기사 1기, 9시에서 2기가 소환되자 비로소 이신은 행동에 나섰다.

일단은 본진에서 나선 기사 1기가 시선 끌기에 나섰다.

기사가 나오자 헬하운드들이 득달같이 달려들었다.

절대 놓치지 않겠다는 듯이.

기사는 계속 말을 타고 달리며 따돌리려 했지만, 헬하운드들은 본진이 있는 7시로 향하는 길을 차단하며 방어했다.

물론 그것은 미끼였다.

미스디렉션을 걸어놓고, 비로소 마술이 펼쳐졌다.

9시에 숨겨 지은 특수병영에서 소환한 기사 2기가 출발, 바로 옆에 있는 7시로 침투했다.

갑자기 자기 본진에 기사 2기가 쳐들어왔으니 카스트리오티도 어지간히 놀랐을 터였다.

헬하운드 6마리가 본진에 있었지만 그게 전부였다.

"죽여라!"

서영이 소리쳤다.

서영을 포함한 기사 2기는 헬하운드들을 무시하고 곧장 마력석을 캐는 클로들을 공격했다.

클로들이 일제히 도망쳤지만, 서영은 돌격을 사용하여서 쫓아가 클로 두 마리를 죽였다.

콰직! 콰지직!

"키엑!"

"켁!"

기사 2기는 쫓아오는 헬하운드들을 피해 다니며 클로들을 뒤쫓았다.

우르르 대피하는 클로들.

양치기 개처럼 클로들을 몰아넣는 기사들.

끈질기게 쫓아서 또 한 마리를 사살하는 데 성공했다.

죽인 숫자보다도, 저렇게 많은 클로들이 일을 못하게 만들었다는 게 더 큰 피해였다.

다급해진 카스트리오티는 헬하운드들을 더 소환했다.

다수의 헬하운드들이 포위하려 들자, 기사 2기는 출입구로 달렸다.

본진에서 빠져나가 이번에는 앞마당을 습격할 생각인 듯 했다.

헬하운드들도 다급히 뒤쫓았다.

그런데 출입구에 이르렀을 때였다.

[계약자 이신의 사도 상급 악마 서영의 능력 평정심을 사용합니다.]

[본인 및 아군을 각종 혼란에서 회복시킵니다.]

[주변 아군이 사기와 방어력이 일시적으로 상승합니다.]

상급 악마로 진화한 서영의 능력이 펼쳐졌다.

기사 2기는 좁은 출입구에 자리 잡고서 몰려오는 헬하운드들을 맞이했다.

개떼처럼 덤벼드는 헬하운드들.

그러나 좁은 출입구여서 모두가 덤비지는 못했고, 그 점을 활용하여서 서영과 기사는 열심히 싸웠다.

사기와 방어력이 상승된 효과가 나타나면서 헬하운드를 상당수 죽일 수 있었다.

헬하운드들이 4마리째 죽었다.

그것 역시 큰 피해였다.

죽은 만큼 헬하운드를 또 충원하느라 마력을 써야 했다.

헬하운드를 소환하느라 클로들을 소환 못 한다.

클로들을 많이 뽑지 못하니 마력 채집량도 줄어든다.

일부러 9시에 특수병영을 숨겨 짓는 무리수를 두면서까지 기습을 시도한 데에는 그러한 계산이 깔려 있었기 때문이었다.

헬하운드들의 물량 공세에 기사 1기가 죽었다.

홀로 남은 서영은 이제 됐다 싶었는지 재빨리 몸을 뺐다.

그때, 앞마당의 마법진에서 소환된 헬하운드들이 퇴로를 차단하고 나섰다.

약 올라서 그대로 돌려보낼 수는 없다는 카스트리오티의 악에 받친 조치였다.

"주군, 살아 가긴 글렀습니다. 클로를 하나라도 더 데려가겠습니다."

'수고했다.'

"옛!"

서영은 앞마당에서 마력석 채집을 하는 클로들에게 달려들었다.

클로 한 마리를 죽이는 마지막 성과를 거두고서 헬하운드들에게 물어 뜯겨 최후를 맞이했다.

그렇게 성공적인 기습 작전으로 큰 피해를 입힌 뒤, 이신은 다시 평범한 운영으로 돌아왔다.

병영을 늘려 짓고 석궁병, 장창병, 방패병을 모으기 시작했
고, 앞마당에도 마력석 채집장을 구축했다.

9시 구석에 지어졌던 특수병영은 효용을 다하였다.

카스트리오티도 바보가 아니었고, 자기 본진을 헤집었던 기
사 2기가 어딘가에 숨겨 지어진 특수병영에서 소환되었음을
눈치챘다.

헬하운드들이 여기저기 다니며 수색한 끝에 9시의 특수병
영을 발견했다.

그 특수병영은 곧 헬하운드들의 공격을 받아 파괴당했다.

하지만…….

"하하하, 정말 재치가 넘치는군."

나폴레옹은 손뼉을 치며 간탄하고 말았다.

9시의 반대편 구석에는 공병 2명이 숨어 있었다.

이신은 발각당하기 전까지 그 특수병영을 끝까지 써먹은 것
이었다.

본진의 특수병영에서 소환된 공병은 2명, 9시에 숨어 있는
공병도 2명.

총 4명까지 공병이 확보되었으니, 충분한 숫자의 투석기를
제작할 수 있게 된 것이다.

'저것조차도 속임수가 되겠군.'

나폴레옹은 이신의 엄청난 고단수 심리전에 소름이 끼쳤다.

제르지 카스트리오티는 특수병영 한 채를 파괴했으니 이신

이 확보할 수 있는 투석기의 숫자가 많지 않을 거라고 생각할 터였다.

그런데 막상 뚜껑을 열어보니 생각보다 더 많은 투석기가 나타난다면?

그것 또한 불의의 일격이 되는 것이었다.

정말로 나폴레옹의 예상대로 상황이 흘러갔다.

카스트리오티는 헬하운드와 함께 독포자꽃을 주력으로 소환했다.

이신이 확보할 수 있는 투석기의 숫자가 적다고 판단하고서 지상전을 택한 것이다.

피해를 꽤 입어 가난한 터라 비싼 마룡을 확보하기가 부담된다는 측면도 있었다.

잠시 후, 이신이 군세를 이끌고 출진했다.

석궁병, 방패병, 장창병에 투석기 2기가 포함된 전력.

이에 맞서 카스트리오티는 엄청난 숫자의 독포자꽃과 헬하운드 떼를 이끌고 요격에 나섰다.

투석기가 아직 많이 모이지 않았을 때 이신을 크게 격파하고 승기를 잡겠다는 의지였다.

하지만 결정적인 순간, 9시에서 나타난 투석기 2기는 오페라의 하이라이트처럼 드라마틱했다.

양방향에서 투석기가 바위를 쏘자 마물 군단은 큰 피해를 입고 진형이 무너졌다.

결국 전투는 이신의 승리로 끝났다.

이어진 건 뻔한 수순이었다.

이신은 1차전과 마찬가지로 카스트리오티의 앞마당을 봉쇄해 버리고 투석기로 두들겼다.

[악마군주 레라지에 님의 계약자 제르지 카스트리오티 님께서 패배를 선언하셨습니다. 악마군주 그레모리 님의 승리입니다.]

[악마군주 그레모리 님께서 마력 5만을……]

양 진영의 서열이 역전된 순간이었다.

제9장

휴가

결국 서열이 역전되었다.

그레모리는 15위로 올랐고, 레라지에가 16위로 내려갔다.

이제 도전자와 피도전자의 입장이 뒤바뀐 것.

"이번에도 허를 찔렀나."

제르지 카스트리오티는 망연자실한 기분에 휩싸였다.

그는 스스로의 실력에 자신이 있었다.

상대가 최근 돌풍을 일으키고 있는 이신이라고는 하지만, 자신 또한 최고가 되고 싶은 야망이 있었기에 못 이길 것도 없다고 생각했다.

그런 자신감은 나폴레옹과 훈련을 하면서 더욱 확신을 얻었고 말이다.

하지만 뚜껑을 열어보니 연거푸 2패.

실력 차이가 이만큼인가?

아니면 책략에 된통 걸려든 것인가?

제르지 카스트리오티는 곰곰이 생각해 보아야 했다.

도전해서 설욕에 나설 것인가, 이대로 포기할 것인가를 결정해야 했기 때문이다.

세 번째 대결에서는 이길 수 있을 것인가?

벌써 2패라는 책임감이 무겁게 내리누른다.

하지만 아직 준비해 온 것을 다 보여주지 못했다는 분함 역시 상당히 큰 것이었다.

"어찌 생각하나, 나의 계약자여."

악마군주 레라지에가 물었다.

설욕을 할 텐가 그냥 물러날 텐가를 묻는 것이었다.

제르지 카스트리오티는 생각 끝에 한숨을 쉬며 말했다.

"송구하나, 오늘은 이만 관둬야겠소."

"뭣?"

"내 실력이 아직 모자라오."

"내가 본 바로는 제대로 실력을 보여줄 기회가 없었다고 생각하는데."

레라지에는 내리 2판을 져버린 대패에 분함을 느낀 탓에 설욕하여서 잃은 마력을 되찾길 원했다.

하지만 제르지 카스트리오티는 냉정하게 말했다.

"그는 제가 시야를 밝히는 방법을 첫 번째 대결을 통해 모두 파악했소."

제르지 카스트리오티는 담담히 설명을 이었다.

"9시 구석에 특수병영을 숨겨 지은 것은 운이 좋아서가 아니라, 9시에서 출발하면 내 시야를 모두 피할 수 있다고 확신했기 때문이오. 단 한 번 싸워봤을 뿐인데 거기까지 알아낸다는 것은 내겐 불가능한 일이오."

그것은 이신의 공격 본능과 관련이 깊은 능력이었다.

극단적인 공격성을 띠었던 이신은 자신에게 대항하는 방어적인 상대를 수없이 만나봤다.

그들은 이신을 더 강하게 단련시켜 주었다.

바늘 하나 들어갈 만한 빈틈도 찾아내고, 없는 빈틈도 억지로 만들어서 비집고 들어갈 줄 알게 되었다.

상대가 어디에 시야를 확보해 놓는지 알고 피해가거나 역이용하는 능력은 이신으로서는 기본적인 소양이었다. 그걸 못하면 일류를 넘어 초일류로 등극하지 못했을 것이다.

'재미있군.'

대결의 결말을 쭉 지켜보던 나폴레옹은 재미있다는 듯이 웃었다.

이신은 실력을 숨긴다고 숨겼다. 상대로 하여금 복수하려고 달려들게 만들려고.

하지만 제르지 카스트리오티는 전혀 다른 관점에서 이신의 실력을 파악한 것이다.

그 역시 보통 비범한 인물이 아니라는 뜻이었다.

"그렇다고 완전히 승복한 것은 아닐세, 젊은 친구."

카스트리오티는 이번에는 이신에게 말했다.

"오늘은 배움의 대가를 값비싸게 치렀다고 생각하마. 그 가르침이 칼날이 되어 다시 너에게 되돌아갈 것이다. 난 스칸데르베그니까."

"기대하겠습니다."

이신은 덤덤히 대꾸했다.

그는 자신의 적수가 더 뛰어난 실력을 갖게 되는 것이 두렵지 않았다.

악마군주 레라지에는 아직 미련이 남았는지 그레모리와 이신을 스윽 노려보고는 카스트리오티와 함께 사라졌다.

나폴레옹이 다가왔다.

"계속 싸우고 싶었지?"

"예."

"좋아하나 보군."

"예, 재미있습니다."

"그저 즐기기에는 꽤 중요한 전쟁인도?"

"게임은 중요할수록 더 재미있습니다. 대게는 제가 이기니까요. 그래서 상대가 강할수록 더 재미있죠."

그러면서 이신은 나폴레옹을 바라보았다.

누구보다도 강한 상대를 먹잇감으로 여기는 도전적인 눈빛
이었다.

나폴레옹은 그런 이신의 위험한 성격이 마음에 들었다.

알렉산드로스도 그렇고, 도전을 좋아하고 강한 적을 격파
하는 것을 짜릿한 희열로 느낀다.

그런 위험한 적과 경쟁을 벌인다는 것은 정말로 즐거운 일
이었다.

"그렇지. 그 말에 십분 공감해. 그래, 그래서 더 강한 상대
를 찾아 계속 도전할 텐가?"

"예, 일단 좀 쉬고 나서요."

잠깐 현실 세계로 돌아가 기분 전환을 할 생각이었다.

＊　　　　＊　　　　＊

현실로 돌아왔을 때는 침대에 파묻혀 있었다.

테이블이며 바닥이며 온통 서류들이 굴러다녔다. 죄다 국회
도서관 등에서 출력한 역사 논문 아니면 SC스타즈 전략 팀에
서 인트라넷에 올린 상대 팀 분석 자료였다.

이신은 부스스한 몰골로 서류 더미를 헤치고 밖으로 나왔다.

"잉? 일어났음?"

가장 먼저 본 것은 요리가 담긴 접시와 커피를 가지고 거실

로 나오는 박영호의 모습이었다.

"뭐 해?"

"보면 모름? 시간도 많겠다, 간만에 요리 좀 했지. 님도 드실 거임?"

접시에는 꽤 그럴듯해 보이는 오믈렛과 베이컨이 담겨 있었다.

'굼벵이도 구르는 재주가 있다더니.'

물론 그 말은 입 밖에 내지 않은 채 이신은 자신도 달라고 했다.

함께 아침 식사를 하는데 맛도 꽤 훌륭했다.

"요리도 할 줄 알았어?"

"연습생 때 자주 했지. 밖에 나가 사 먹을 돈은 없는데 숙소 냉장고에는 재료가 많았거든. 다들 그런 힘든 시절은 있잖음. 안 그래?"

"없어."

손목 부상 때만 제외하면 힘든 시절이 없는 이신이었다.

"......"

박영호는 진심으로 아니꼽다는 표정이 되었지만 이신은 늘 그랬듯 전혀 신경 쓰지 않았다.

"근데 형 오늘 뭐 할 거야? 할 거 없으면 나랑 방송이나 같이 하자."

"한국 갈 거야."

"뭐?!"

박영호는 화들짝 놀랐다.

"언제 계획한 거야? 왜 나한텐 아무 말도 없이……!"

"방금 생각났어. 그리고 너랑 상의를 뭐 하러 해?"

"매정해! 너무 매정하다고! 그동안 중국에서 동고동락한 우정은 어딜 간 거야?"

"우정 같은 소리 한다."

"아무튼 같이 가!"

박영호가 떼를 썼고, 이신은 결국 항공권을 두 장 예매해야 했다.

공항으로 가는 길에 박영호는 모바일로 개인방송을 진행하며 이신을 강제로 자기 방송에 출연시켰다.

"예, 여러분! 저희는 지금 공항으로 가고 있어요. 어딜 가냐고요? 당연히 한국이죠. 가족들도 보고 친구들도 만나고 그러려고요. 한국과 달리 중국 팀들은 휴가가 길거든요."

─됐고 이신 보여줘.

─못생긴 네 면상 치우고 카메라를 옆으로 옮기자.

─영호 님, 죄송한테 신 님 좀 보여주세요.

─오오, 한국 오는구나!

시청자들의 거친 채팅을 본 박영호는 인자한 노승 같은 자애로운 웃음을 지었다. 시청자를 대량으로 학살하기 전에 짓는 표정이었다.

"여러분, 말의 온도가 좀 높네요? 모바일이라 강제 퇴장시키기 어렵다고 지금 그렇게 날뛰시는 건가요?"

—응. 모바일이라 숙청 못 함ㅋㅋㅋ
—지금이 기회다ㅋㅋ
—네 면상 치우라고.
—신 님 보여줘.
—신 님!
—얘들아, 이거 영호 방송인데 너무 그러지 말자ㅋㅋ
—박영호 야 이 자식아, 너 또 이신 단물 빨려고 방송 켠 거지?
—영호 요즘 이신 단물 빨며 파프리카TV 1위 등극함ㅋㅋㅋㅋ
—이신의 룸메이트라는 이유 하나로 파프리카TV 1위.
—약았네.

박영호의 자애로운 미소가 점점 짙어졌다.

"여러분의 반응을 보고 있노라니 제 순수한 마음이 스크래치가 잔뜩 나서 너덜너덜해졌네요. 이런 분위기에서 방송 못 하겠어요. 그냥 방송 끌래요. 나 안 해."

본격적으로 시청자를 협박하는 박영호.

그러자 시청자들의 태도가 돌변했다.

—잘생긴 영호 형, 그러지 말고 방송 계속하자.

—영호 오빠 잘생겼어요.^^ 그러니까 신 님 좀 보여주세요.

—현기증 날 것 같아요. 신 님 보여줘요.

—영호야 다 널 사랑해서 그러는 거다.

—또 시청자 협박ㅋㅋㅋ

—별 달라잖아. 누가 별사탕 좀 쏴줘라.

"허허, 신이 형 보고 싶어 하는 분들이 이렇게 많네요. 그럼 제 기분이 나아질 때마다 신이 형을 조금씩 보여 드리도록 하겠습니다. 지금 기분이면……."

박영호는 문득 모바일을 이신의 발에 가져다 댔다.

방송 화면에 이신이 신고 있던 흰 스니커즈가 잠시 보였다가 사라졌다.

"자! 이신 봤죠? 무려 이신의 신발을 보셨으니 오늘 여러분 횡재했네요. 지금 제 기분이 딱 이 정도거든요."

—ㅋㅋㅋㅋㅋ

—이신 신발ㅋㅋㅋ

—이신 신발이 영호 면상보다 잘생겼다.

—영호 얼굴 보느니 이신 신발이 낫다. ㅇㅈ?

—ㅇㅈ

—ㅇㅈ

—제발 신 님 좀 보여달라고요!ㅠㅠ

—하악 신발 핥고 싶어…….

"제 기분을 좋게 해주세요. 그럴수록 더 많은 이신을 볼 수 있습니다."

그러자 시청자들은 별사탕을 쏘거나 칭찬을 하는 등 박영호의 기분을 달래주려고 애를 썼다.

그런 시청자 반응을 즐기면서 박영호는 방송에 이신을 발목, 종아리, 무릎의 순서로 서서히 노출시켰다.

이신은 그런 박영호를 보다가 혀를 차며 고개를 저었다.

'타고났군.'

예전에 함께 예능에 출연했을 때도 느꼈지만, 입담이나 방송 감각 하나는 타고난 박영호였다.

심지어 팀이 마련해 준 숙소에서 이신과 둘이 살게 되었을 때는 이신의 인기를 철저히 이용하여서 파프리카TV에서 1위에 등극했다.

지금처럼 귀찮아하고 전혀 협조를 안 해주는 이신을 어떻게든 활용하여서 방송 콘텐츠를 만들어냈기 때문이었다.

"이야, 제 기분이 지금 몹시 좋습니다. 자, 여러분, 이신입니다."

마침내 박영호는 이신의 얼굴을 방송에 보여주었다.

—신 님!

—이신이다!

—신 님의 존안을 뵙기가 이렇게 힘들다ㅠㅠ

—박영호 장사 수완ㅋㅋ

—이제야 간신히 존안을 뵈었다.

—영호 때문에 썩었던 눈이 이제야 정화되네요.

박영호는 출국 수속을 밟기 전까지 끈질기게 방송을 하여서 이신을 질리게 만들었다,

그 결과,

"오빠!"

"신님!"

"꺄아악!"

인천공항에 이신의 팬들이 잔뜩 모여들었다. 박영호가 방송으로 한국 간다고 광고를 했기 때문.

이신은 팬들에게 사인을 해주며 한동안 시달렸다.

그러다가 잠시 후, 익숙한 푸른색 롤스로이스가 나타났다.

"선생님!"

보조석 창문이 열리고 존이 손을 흔들어보였다.

이신은 박영호와 함께 냉큼 롤스로이스에 탔다.

"잘 지내셨어요?"

"어."

"누나랑 애들도 오늘 훈련까지만 마치면 휴가예요."

존만 이신 마중 때문에 잠시 훈련에서 빠진 모양이었다.

"오신 김에 팀 연습실에 먼저 들르실래요?"

"그래."

차는 올도어SCC의 연습실로 향했다.

오랜만에 올도어SCC에 도착하자 모두들 반갑게 이신을 맞이해주었다.

"야, 이게 누구야!"

"우승 축하한다."

감독 최환열과 전략팀장 박진수가 가장 먼저 반겨주었다.

연습 중이던 주디도 초롱초롱한 눈으로 이신을 흘깃 보더니, 게임을 빨리 끝내기 위해 냅다 공격을 시작해 버렸다.

빨리 게임을 끝내 버리고 이신과 놀기 위한 대책 없는 총공격!

그런데 그게 불규칙한 타이밍에 허를 찌르는 일격이 되어서 연습 상대인 차이는 당황했다.

"뭐, 뭐야, 갑자기?!"

주디는 병력을 꾸역꾸역 뽑아 줄기차게 공격을 퍼부었다.

한 번 흔들리기 시작한 차이는 쩔쩔매다가 GG를 선언해 버렸다.

'선생님이 오더니 갑자기 야수가 되었어.'

이신을 향한 주디의 집념에 두려움을 느낀 차이였다.

훈련이 끝나고 올도어SCC의 모든 선수 및 코칭스태프는 회식을 했다.

우승으로 시즌을 끝마친 것을 기념할 겸, 금의환향한 이신을 맞이하는 회식 자리였다.

"야, 여전히 잘나가네. 팀도 우승해, 너도 우승해. 거기다가 카이저 게이밍도 강등권 탈출했잖아."

최환열이 이신의 등을 툭툭 치며 칭찬했다.

"그러고 보니 이제 카이저 게이밍을 인수하겠다는 기업도 많이 나타나지 않았어?"

전략팀장 박진수가 물었다.

이신은 고개를 끄덕였다.

"그렇긴 한데 그냥 가지고 있을 거야."

카이저 게이밍.

모 기업의 부도에 강등 위기까지 겹쳐서 해체될 뻔했다가, 이신에게 인수되어서 재탄생한 팀이었다.

그야말로 재탄생!

수준 이하의 실력과 팀 내 불협화음으로 팬들도 죄다 떨어져 나갔던 약체 팀이 이제는 이신교의 성원에 힘입어 2021년 프로리그를 종합 7위로 마감하는 쾌거를 거두었다.

가장 큰 역할을 한 사람은 이신이 감독으로 임명하면서 전권을 부여했던 한태곤이었다.

'제로섬'이라는 닉네임으로 중국 무대에 진출해 활약했던 레전드 한태곤은 지도자로서도 성공적인 출발을 하게 되었다.

"하긴, 계속 성장할 팀인데 팔아치울 이유가 없지."

최환열도 고개를 끄덕이며 공감했다.

이미 카이저 게이밍은 흑자로 전환되어서 구단주 이신의 재산을 불려주고 있었다.

티켓 판매와 유료 VOD 판매 수익도 있지만, 진짜 큰 수익은 바로 기업의 후원.

해체 위기에서 이신에게 구원받은 팀.

다시 기회를 얻은 선수들이 팬들의 응원을 받으며 철지부심 끝에 꼴찌 탈출을 한 스토리.

그런 감동 드라마는 후원 기업의 이미지 상승에도 도움을 줄 수 있는 것이었다.

게다가 요즘은 특히 이신과 조금만 관련이 있어도 기업들이 관심을 가졌다.

금메달 탈환에 중국에서도 대성공을 하며 제2의 전성기를 맞이한 이신은 2021년의 가장 핫한 스타였으니까.

'신경 쓰지 않아도 알아서 잘 굴러가는데 팔 이유가 없지.'

그나저나 얘기가 나온 김에 카이저 게이밍에 한번 얼굴이라도 내비쳐 봐야겠다는 생각이 들었다.

그래도 명색이 구단주이니 한국에 온 김에 얼굴이라도 한번 내비칠 생각이었다.

회식 중에 이신과 박영호에게 수많은 질문이 쏟아졌다.

주요 주제는 중국.

중국 선수들의 실력 수준이나 트렌드의 흐름 등을 궁금해했다. 아무래도 세계에서 가장 많은 e스포츠 팬이 있는 시장이 바로 중국인 탓이었다.

선수들은 물론이고 코칭스태프들도 질문을 던지자 박영호가 신이 나서 답해주었다.

"확실히 투자를 많이 한 탓인지 옛날하고 달리 좀 더 과학적으로 전략 팀을 운영하는 것 같았어요. 특정 선수의 공식 경기 영상 여러 개를 취합해서 어떤 빌드 오더를 썼는지 낱낱이 밝혀내고, 심지어 똑같이 재현까지 한다니까요?"

"빌드 오더를 아예 똑같이?"

"네. 시간이랑 자원을 계산하면 토씨 하나 안 틀리고 완전히 똑같이 나오나 봐요."

"무서운 놈들이네. 우리도 그 정도까지 전략 팀을 키우지 못하면 밀릴지도 모르겠어."

"음, 그리고 선수 대우도 아주 좋고 시설도 훌륭하다는 게 장점이라고 할 수 있겠네요."

"단점은?"

최환열이 물었다.

박영호는 곰곰이 생각해 보다가 말했다.

"우리 팀의 지우펑이 중국에서 가장 독하게 연습하는 선수로 유명한데요. 근데 걔 훈련량이 JKT 선수들의 일반적인 훈련량하고 비슷해요."

"역시 연습량은 우리나라가 가장 많군."

"옛날부터 우리나라처럼 게임에 목숨 건 나라가 없었죠."

"예나 지금이나 그거 하난 변함없네."

"역시, 우리가 유독 독하게 하는 거였어."

독보적인 훈련량!

그것만큼은 e스포츠가 탄생한 이후로 지금까지 변함없이 한국이 절대 우위에 있었다.

그것은 혹사나 삶의 질 문제에서 단점이 될 수 있지만, 한편으로는 그렇기에 지금도 세계 톱클래스의 실력자를 꾸준히 배출하는 것인지도 몰랐다.

"뭐, 단순히 게임을 많이 한다고 무조건 실력이 느는 것도 아니니까. 우리도 더 노력해야지."

이런저런 이야기를 나누거나 말거나, 이신은 점점 대화에서 동떨어져 홀로 딴 생각에 잠겼다.

'지겹다.'

이상한 일이었다.

게임과 관련된 이야기가 주를 이루고 있었는데, 이신은 점점 지루함을 느꼈다.

지금 나오고 있는 이야기들이 전부 부질없는 말들로 들렸다. 심지어 자신이 게임을 좋아하기는 하는 건지도 의심스러웠다.

다 집어치우고 마계로 돌아가 서열전이나 준비할까 싶기도
했다.

리그가 끝나고 쉬는 중이라 긴장감이 다 풀어진 탓도 있으
리라.

하지만 최근 수개월간 이신은 줄곧 이런 상태였다.

2021년 전반기 개인리그 우승컵, 월드 SC 그랑프리 금메달,
중국 전기리그 우승컵, 베이징 슈퍼리그 우승컵…….

올해 들어 할 수 있는 모든 우승을 다 거머쥐고 정점에 오
른 이신이었다.

명백히 제2의 전성기.

권좌를 비운 틈을 타 춘추전국시대처럼 등장한 수많은 신
흥 강자들이 마침내 다 이신에게 꺾인 것이었다.

그것은 반대로 이신에게는 큰 허무함으로 다가왔다.

목적을 잃은 것이다.

더 이상 얻을 명예도 없었고, 선수로서 지금보다 더 올라갈
수 있는 위치도 없었다.

돈은 이미 넘치다 못해 썩어날 정도.

이신으로 하여금 열정을 불태울 수 있게 해주는 자극이 점
점 사라져 가고 있었다.

'정말 은퇴라도 해야 하나.'

하지만 SC스타즈와의 계약 기간이 아직 많이 남아서 그럴

수 없었다.

설령 은퇴한다 해도 달리 무언가 이신을 즐겁게 할 만한 게 있을 리 없었다.

'내가 지금 뭘 하고 있는 거지?'

이신은 깊은 피로감을 느꼈다.

그는 옆자리에 있는 최환열에게 말했다.

"먼저 일어날게."

"아, 그래. 오늘 막 귀국했으니 피곤하겠지. 한동안은 한국에 있을 거지?"

"어."

"그래, 들어가서 쉬고 다음에 또 보자."

이신이 일어서자 주디를 비롯한 세자들도 함께 일어났다.

박영호는 최환열 일행과 2차를 가기로 했고, 그렇게 회식이 끝났다.

용인에 있는 집에 오랜만에 돌아왔다.

장양의 부친 장린 회장에게 선물 받은 이 호화 주택은 이신이 없었던 반년 사이에 꽤 변화해 있었다.

벽에 디지털 액자들이 일렬로 균일하게 걸려 있었다. 디지털 액자에는 스페이스 크래프트의 한 장면들이 반복 재생되고 있었다.

"이건 지난 6개월 동안 있었던 우리들의 슈퍼 플레이를 장식해놓은 거예요. 이건 제 거고요."

존이 신이 나서 한 디지털 액자를 가리켰다.

보병들이 가쁜 속도로 달리며 괴물의 본진을 휘젓고 다니는 장면이었다. 존의 화려한 컨트롤은 여전한 모양이었다.

"뉴욕 e스포츠센터 같군."

"괜찮죠?"

이신은 고개를 끄덕였다. 하지만 디지털 액자에 더는 관심을 두지 않았다.

오늘은 더는 게임을 머릿속에서 지워 버리고 싶었다.

샤워를 하고 침실로 가서 자리에 누웠다.

달리 할 일도, 하고 싶은 일도 없어서 그냥 일찍 잠들기로 했다.

그런데 그때, 핸드폰이 진동했다.

액정에 뜬 발신자는 다름 아닌 어머니였다.

"여보세요?"

―얘, 한국에 왔으면 전화를 해야지. 내가 아들이 귀국한 소식을 뉴스로 전해 들어야 하니?

"안 그래도 전화 드리려 했었어요."

이신은 태연하게 거짓말을 했다.

―으이그, 퍽이나? 그냥 자려고 했겠지.

"……."

―애당초 오기 전에 미리 연락을 해줬어야지.

"다음부턴 그렇게 할게요."

―그래, 집에는 언제 올 거니?

"내일 저녁에 갈게요."

―그래, 알겠다. 별일은 없었고?

"예."

―중국에서는 입맛에 맞는 음식이 없어서 고생했을 텐데, 뭐 먹고 싶은 거라고 있니?

"괜찮았고, 딱히 먹고 싶은 건 없어요."

―괜찮았기는. 보나마나 끼니 때우기도 귀찮다고 빵이나 패스트푸드 같은 거나 먹었겠지. 뉴스로 보니까 전보다 더 마른 것 같던데…….

어머니는 금방 끝날 것 같은 통화를 계속 이어나가는 재주를 지니셨다.

피로해진 이신은 냉큼 잘라 말했다.

"피곤하니까 자세한 이야기는 내일 해요."

―으이그, 알겠다. 내일 보자. 아, 괜찮으면 주디인가 그 아가씨도 데려오지 그러니?

"…끊습니다."

그제야 간신히 통화가 끝났다.

핸드폰을 내려놓으니, 문득 바깥에서 제자들의 대화 소리가 들렸다.

"어? 잘하는데?"

"뭐가?"

"이거 봐봐."

"오, 진짜. 손 되게 빠르네. 이거 누구야?"

"몰라."

차이와 존의 대화였다. 아마도 게임 얘기인 것 같았다.

'개인방송이라도 보는 모양이군.'

이신은 그만 다시 잠을 청했다.

그런데 차이의 말이 이어졌다.

"데이비드 코렛이 방금 SNS에 올린 영상이거든. 근데 진짜 누구일까?"

SC코퍼레이션의 사장 데이비드 코렛의 이름이 언급되자 이신은 눈을 번쩍 떴다.

"손이 무지 빠른데 잔손질도 없어. 대체 누구지? 이 개인 화면의 주인공은."

"어쩐지 선생님 같기도 하고. 저 봐, 괴물을 상대로 대뜸 기갑정거장을 짓잖아."

"고속전차로 찌르고 이어서 스텔스 전투기 준비하겠지. 이 빌드만 갖고 선생님을 닮았다고 할 수는 없지."

"아니, 위에 표시된 APM을 보라고. 저렇게 APM이 높은 정신 나간 사람은 달리 모르겠는데."

이신은 벌떡 일어나 침실 밖으로 나왔다.

그러고는 차이와 존에게 다가가 그들이 보고 있는 스마트폰으로 시선을 향했다.

"어? 선생님도 같이 보실래요?"

"이거 선생님 아닌가요? 느낌이 왠지 익숙한데."

"봐봐."

이신은 차이에게서 스마트폰을 건네받았다.

영상은 누군가가 게임을 플레이하고 있는 모습이었다.

커서가 쉴 새 없이 움직이고 화면도 휙휙 정신없이 바뀌었다.

해야 할 일을 삽시간에 해치우고도 손에 여유가 남아돌아서 이것저것 클릭하고 드래그하며 손을 풀고 있는 모습.

이신은 이 영상의 주인공이 단축키에 무엇을 지정해 두었는지 알 것 같았다.

'4번은 앞마당 건설로봇.'

바퀴들이 본진 침투를 시도하자, 거의 스프링에 튕겨지듯이 앞마당에서 일하던 건설로봇들이 우르르 뛰쳐나와 블로킹했다.

본진 침투에 실패한 바퀴들은 몇 마리의 피해만 입은 채 다시 물러났다.

건설로봇들을 따로 드래그하지도 않았음에도 즉시 움직여 블로킹을 했다.

단축키에 미리 지정을 해두고 있었기 때문에 할 수 있는 반사적인 대응이었다.

그러면서 영상의 주인공은 고속전차로 괴물의 앞마당에 뛰어들었다.

본진까지 침입에 성공했다.

괴물의 본진을 다 돌아보며 정찰을 완료하고 일벌레 사냥
에 나섰다.

촉수탑 1개로 방어가 되어 있었음에도, 고속전차는 그대로
뛰어들어 일벌레 한 마리를 사냥했다.

'살 수 있다.'

촉수탑의 촉수에 얻어맞으면서 한 마리를 해치운 고속전차
는 아슬아슬한 체력을 남겨놓고 빠져나가는 데 성공했다.

한 대만 툭 건드려도 죽을 것 같은 고속전차는 계속 본진
을 돌아다니며 정찰을 했다.

그랬다.

영상의 주인공은 이신을 쏙 빼닮았다.

아니, 똑같았다.

손을 푸는 의미 없는 동작까지도 완전하게.

'완성했구나!'

이신은 피로가 확 걷히는 기분이 들었다.

인공지능은 완성되어 있었다.

이신은 그것을 한눈에 알아보았다.

아니, 이신이기에 확신할 수 있었다.

이신이 플레이하는 개인 화면을 가장 많이 본 사람이 누굴
까?

하루에도 수십 번씩 그가 플레이하는 것을 그의 시점에서

본 사람이 누굴까?

바로 이신 자신이다.

예전에 수없이 봤던 풍경이 똑같이 재현되고 있었다.

지금의 자신과 똑같은 부분도 있었고, 사뭇 다른 부분도 있었다.

손목이 부서지는 고통과 1년의 공백기를 겪었으므로 그때와 지금이 똑같을 수는 없었다.

하지만 똑똑히 알 수 있었다.

저 영상 속의 주인공이 바로 자신이라는 것을.

잊어버렸던 사소한 습관까지 인공지능은 보여주었고, 그걸 보자마자 이신도 기억날 정도였다.

'완벽한 나다.'

소름이 돋았다.

잘 만들었다는 건 진즉에 알고 있었지만, 막상 개인 화면으로 보니까 더욱 기가 막혔다.

SC코퍼레이션은 이신 자신보다도 예전의 이신을 잘 알고 있었다.

이렇게 인간적일 수가 있다니.

이렇게 그때의 자신을 쏙 닮은 도플갱어를 만들어 내다니.

이신은 그날로 데이비드 코렛 사장에게 전화를 걸었다.

—하하, 안녕하십니까? SNS 보고 연락하셨군요?

"그렇습니다. 완성됐군요?"

―그걸 알아보시겠습니까?

"예."

―역시 카이저답군요. 완성도를 한눈에 알아보시다니요. 에, 완성됐습니다. 상황을 판단하고 대응하는 알고리즘을 인간적으로 만드는 것이 가장 큰 문제였는데, 이제 해결했습니다.

"한 번도 보지 못한 상대의 플레이에 대한 대응은 어떻습니까?"

―하하하, 정말 개발에 참여라도 하셨습니까? 그 부분도 가장 어렵게 생각한 것이었는데.

코렛 사장은 신이 난 어조로 설명을 이었다.

―어떤 변수를 만나든, 과거의 카이저가 구사했던 수많은 플레이 중 하나를 택하여 대응하도록 짜였습니다. 인공지능이라 창의성이 없다는 게 단점인데, 사실 그 단점은 그리 티가 나지 않습니다.

"……?"

―과거의 당신을 너무 과소평가하지 마십시오.

"무슨 뜻입니까?"

―과거의 당신이 시도했던 플레이의 가짓수는 너무 많습니다. 그 수많은 실험 중에는 최신 트렌드의 전략 전술의 모태가 되는 플레이도 있었습니다. 그때는 먹히지 않았지만 지금은 먹힐 만한 플레이도 있었지요.

"……."

─부상으로 잠적했던 1년이 카이저에게는 꽤나 무거운 마음의 짐이었던 모양입니다.

"예?"

─보통 자기 과거는 미화되게 마련인데, 카이저는 오히려 반대로군요. 그 1년의 공백기를 지나치게 의식했기 때문인 것 같네요.

이신은 절망에 빠져 있었던 1년을 떠올렸다.

그것은 확실히 기존의 모든 것을 완전히 잊게 만들 정도로 충격적인 세월이었다.

손목은 진통제를 먹어도 계속 지끈거려서 마우스를 쥐던 감각 따위는 생각도 나지 않았다.

정신적으로는 더 큰 고통을 겪었다.

다시는 게임을 할 수 없다는 절망에 e스포츠 쪽은 거들떠도 보지 않았다.

e스포츠의 트렌드가 어떻게 변화하고 있는지 알 수 없었고, 자신이라면 어떻게 할지 상상하는 일도 한 적 없었다. 그런 생각을 할수록 괴롭기만 했으니까.

그렇게 1년이었다.

그만하면 과거의 자신을 잊기에 충분한 시간이었다.

─하하, 끊임없이 스스로를 채찍질하는 성격이니까 오늘날의 성공을 이룰 수 있으셨겠지만, 그렇게 방심하다가는 과거의 카이저에게 맥없이 패하는 수가 있습니다.

코렛 사장의 도발이 이신의 정신을 바짝 곤두서게 했다.

차갑게 얼어붙었던 머리로 피가 통하여 서서히 달구어지는 듯했다.

"한번 붙어볼 수 있겠습니까?"

─아아, 지금은 무리입니다. 현재 인공지능 카이저는 모든 나라 서버에서 철수했거든요.

"완성됐는지 직접 대전하고 체크해 드리겠습니다."

이신이 재차 요구했다.

인공지능과 붙어보고 싶었다.

오랜만에 자극받은 이 승부욕을 어서 해소하고 싶었다.

─하하하, 체크는 저희가 이미 다했습니다. 그만하면 완성이 맞아요.

"제가 확인해 보는 게 더 정확하지 않겠습니까?"

고집 부리는 이신.

코렛 사장이 일침을 했다.

─제가 올린 영상 보고 한눈에 완성된 걸 아셨죠?

"……."

─그리고 자기도 잊고 있었던 부분도 새록새록 떠오르는 그런 느낌도 받으셨겠지요?

"……."

─하하하, 인정하세요. 과거의 카이저에 대한 일이라면 이제 카이저보다 우리가 더 잘 알아요. 우리는 과거의 당신을

모두 논리화하여서 코딩한 사람들이거든요.

"비싸게 구는군요."

─스포일러를 하지 않기 위함이죠. 안달하지 않으셔도 조만간 붙을 수 있으니 염려 마세요.

"그게 언제입니까?"

─이번 프리시즌이 끝나기 전입니다. 이제 한 달 정도 남았군요.

한 달.

이신은 한 달이라는 시간을 머릿속에서 곱씹었다.

─최고의 쇼가 될 겁니다. 당신뿐만이 아니라 최고의 스타들을 선별해서 과거의 당신과 대결하게 될 거예요. 물론 메인 매치는 바로 카이저 대 카이저가 되겠죠?

이신은 심장이 뛰는 것을 느꼈다.

코렛 사장은 그런 이신의 심장박동을 더욱 가속화시켰다.

─제2의 전성기라는 소리가 들리던데, 과연 과거의 당신에게 대적할 수 있을지 기대되지 않나요?

그밖에도 코렛 사장은 홍보 영상이 다큐멘터리 형식으로 공개될 거라고 귀띔해 주었다.

*　　　*　　　*

다름 아닌 코렛 사장이 SNS에 올린 영상이라 단숨에 화제가 되었다.

　—누구지?

　—헐 손 개 빠른 거 봐라.

　—l7:이 보세요. 압권! 동시에 4군데를 털어버림ㅋㅋㅋ

　—같은 괴물 유저로서, 괴물이 저렇게 대차게 털리는 걸 보면 눈물만 난다. 개사기 인류 놈들!

　—코렛 사장은 각성해라!

　—건설로봇 HP 안 줄이냐, 코렛아.

　—사장이 이신 빠라 글렀음!

　—아 놔, 여기도 징징거리는 괴물 놈들이 있었네. 잘 만든 게임 갖고 밸런스 운운하지 마라.

　—위에 뻔뻔한 인류 놈 보소.

　—와, 근데 진짜 누구냐? 저거 이신 아님?

　—코렛 사장 숨겨진 이신교 광신도임. 저거 이신 플레이 화면인 듯.

　—뭘 숨겨져. 대놓고 이신 빠돌이임ㅋㅋㅋ

　그것은 평범한 인류 대 괴물전이 아니었다.

　괴물을 견제하며 중반까지 게임을 무난하게 끌고 온 뒤, 기갑체제로 전환하여서 장기전으로 괴물을 말려 죽이는 전형적인 게임이 아니었다.

　인류는 처음부터 끝까지 시종일관 괴물에게 공격을 퍼부

었다.

괴물도 상당한 실력자였는지 그렇게 공격을 받고도 계속 버티는 추세였다.

하지만 계속된 공격으로 세가 확 꺾인 채였고, 결국은 4곳을 일시에 타격하는 엄청난 다중 견제 플레이에 숨통이 끊겼다.

인류가 보여준 컨트롤은 우아함의 극치였다.

칼같이 정확하게 괴물 유닛의 공격 사거리를 피해 다녔고, 공격을 시도했다 하면 반드시 상대의 아픈 부분을 찔렀다.

몇몇 댓글처럼 괴물 유저들로서는 피눈물을 흘릴 만한 압도적인 게임이었다.

하지만 다들 입을 모아 영상의 주인공은 이신일 거라고 했다.

탁월한 컨트롤과 멀티태스킹과 요즘은 잘 쓰이지 않는 공격적인 운영은 옛날 전성기 시절의 이신을 떠올리게 했기 때문이다.

그런데 반대 의견이 나왔다.

—선생님 아닌 것 같은데요. 모르시는 눈치셨어요.

활발하게 SNS를 하고 있는 차이였다.

팬들의 질문이 계속되자 차이가 글을 올린 것이다.

그럼 누구냐고 많은 팬들이 궁금해했다.

하지만 결국 답이 나오지 않자 누군지 나중에든 밝혀지겠지 하며 서서히 화제는 사그라졌다.

—근데 괴물은 누구냐?
—괴물도 그 와중에 반격도 몇 번 하고 잘했는데.

＊　　　　＊　　　　＊

'제기랄.'

사내는 자다 말고 벌떡 상체를 일으켰다.

짧은 머리와 회색 활동복은 그가 군인의 신분임을 짐작케
해주었다.

뭐가 그리 답답한지 관물대에서 생수를 꺼내 벌컥벌컥 마
셨다.

관물대 상단에 놓인 군모의 이병 계급장은 그의 답답한 심
정을 상징하는 듯했다.

하지만 사내가 잠을 못 이루는 것은 이 답답한 곳에서 탈
영하고 싶기 때문이 아니었다.

며칠 전에 치렀던 특별한 게임이 아직까지 머릿속을 떠나지
않았기 때문.

자기들이 SC코퍼레이션 직원들이라고 주장하던 놈들이었다.

마지막으로 테스트할 게 있는데 대전을 해달라고 온라인상
에서 요청해 왔다.

무슨 정신 나간 놈인가 싶었는데, 막상 게임을 해보니 그게 아니었다.

정찰 온 일벌레를 잽싸게 입구를 막아서는 건설로봇.

자원을 찍어서 비비는 트릭을 써서 따돌리고 본진에 들어 갔는데, 건설로봇이 계속 쫓아오면서 집요하게 공격을 넣었다.

얼마 정찰해 보지도 못하고 일벌레의 체력이 절반 이하로 닳는 바람에 도망치고 새로운 일벌레를 정찰에 투입해야 했다.

정찰 단계에서부터 느껴지는 불편하고 까다로운 이 감각!

지나가는 건설로봇마다 뭘 잘못 먹었는지 일벌레가 근처에 접근하면 하던 일을 멈추고 덤벼서 대미지를 입혔다.

일하는 생산 유닛에게서 느껴질 정도로 공격적인 이 성향!

분노 조절 장애라도 있는 것 같은 이 스타일이 은근히 신경 을 거스르며 과거를 떠오르게 했다.

'그 새끼 아냐?'

사내는 한때 자신이 가장 미워했던 천적을 떠올렸다.

관물대에 적힌 사내의 이름은 황병철.

이단자라는 별명으로 통하며 게임의 신에게 대적할 유일한 대항마로 손꼽혔던 프로게이머였다.

결국 이신의 벽을 넘지 못했지만 준우승을 몇 차례 하며 자신의 실력을 입증했으며, 이신이 갑작스럽게 은퇴했을 때는 우승도 차지했었다.

지금은 공군 프로 팀에서 군 복무를 막 시작한 상황이었다.

이제는 톱클래스가 아닌 전성기가 지난 레전드로 평가받는 황병철.

물론 황병철은 아직 자신이 나이 들어 저물어가고 있다는 것을 인정하고 싶지 않았다.

이신이 키운 두 어린놈들이 프로리그와 개인리그를 휩쓰는 동안 황병철은 그에 대항할 수 있는 힘을 보여주지 못했다.

그런 황병철이었지만, 온라인에서 이신으로 의심되는 상대를 만나자 옛날처럼 투지가 불타올랐다.

마치 예전의 모습 같은 고전적인 스타일로 게임을 풀어나가는 모습에 더더욱 승부욕을 느꼈다.

'결국 졌지.'

황병철은 쓸쓸함을 느꼈다.

옛날로 돌아간 것처럼 열심히 싸웠지만, 결국 격파당했다.

이단자 시절보다 더 큰 격차를 느낀 패배였다.

옛날 그대로의 모습으로 공격해 오는 이신.

그래, 그건 이신이 틀림없었다.

'계속 걸리적거리고 속을 긁는 것 같은 이 느낌은 그놈밖에 없지.'

그렇다면 자기들이 SC코퍼레이션 직원이라고 했던 그 채팅을 무엇일까?

SC사에서 비밀리 무언가를 꾸미고 있다는 걸 직감할 수 있었다.

각국 온라인에 등장했던 Kaiser2017이라는 정체불명의 신비고수와 연관 지으면 쉽게 할 수 있는 추측이었다.

'뭘 하든 이제 내가 낄 수 있는 자리가 아니구나.'

황병철은 쓸쓸한 심정을 느꼈다.

과거의 이신 같은 상대에게 철저하게 깨지고 나니, 더 이상 자신이 예전으로 돌아갈 수 없음을 체감한 것이었다.

하지만 끝내 미련을 놓지 못하며, 황병철은 그날 잠을 이루지 못했다.

─자, 이 게임을 보실까요?

내레이션이 깔린 다큐멘터리가 시작되었다.

─게임을 잘 모르시는 분도 좌측 하단에 있는 이 미니맵을 보면 누가 이기고 있고 누가 불리한지 알 수 있을 겁니다.

미니맵은 푸른색으로 표시된 인류와 붉은색으로 표시된 인류가 다투고 있는 것을 보여주고 있었다.

푸른색 인류는 북쪽을 다 장악한 상태.

거기다가 병력이 남쪽까지 깊이 내려와서 상대를 압박하고 있었다.

거기에 압박받고 있는 붉은색 인류는 남쪽마저 절반밖에 장악 못 한 상태.

─간단히 설명을 드리자면, 푸른색 진영은 4곳에서 자원을 캐고 있고, 붉은색 진영은 2곳밖에 되지 않습니다. 더 부유하

기 때문에 병력도 푸른색 진영이 더 많아질 수밖에 없습니다.

―이만하면 사실 붉은색 진영은 항복을 선언해도 이상하지 않습니다. 더 험한 꼴 보기 전에 말이죠.

―그런데, 바로 지금부터 e스포츠 역사상 가장 위대한 역전 극이 시작됩니다.

그리고 게임이 재개되었다.

붉은색 진영이 고속전차를 계속 항공수송선에 태워 푸른 색 진영에 보냈다.

항공수송선 3척이 쉬지 않고 계속 병력을 실어 날랐다.

거기서 내린 고속전차들이 계속 지뢰를 매설하고 건설로봇 들을 공격해 자원 채집을 방해했다.

계속, 계속.

호되게 당한 푸른색 진영은 대공포를 설치해서 항공수송선 이 건너오지 못하게 막았다.

하지만 붉은색은 건물을 띄워 보내 대공포가 쏘는 미사일 에 얻어맞게 했고, 그 틈에 다시 항공수송선을 침투시켰다.

이번에는 기동포탑이 내려서 대공포들을 부췄다.

푸른색의 병력들이 와서 처치했지만, 대공포가 부서진 틈을 타서 다시 항공수송선 2척이 그 대공망의 틈바구니를 통과!

푸른색 진영의 본진까지 들어가 고속전차 8기를 쏟아냈다.

삽시간에 지뢰의 바다가 되고, 기갑정거장에서 새로 생산된 푸른색의 병력들이 지뢰에 휘말려 폭사되었다.

지뢰를 다 쓴 고속전차들은 건설로봇들을 집요하게 사냥했다.

본진과 앞마당이 또다시 수난을 당했다.

─지독하죠? 붉은색이 푸른색을 아주 무섭게 괴롭힙니다. 나중에 붉은색은 인터뷰에서 이렇게 밝혔습니다.

─자원을 캘 수 있는 곳이 4군데라고 하더라도 그중 2군데가 방해를 받아 일을 못 하면, 결국 똑같이 2군데라고요.

─아주 명쾌하죠? 정말로 붉은색은 시종일관 테러를 가해서 푸른색 진영이 2곳 이상 자원을 캐지 못하게 방해했습니다. 7분 동안 계속 말이죠.

누가 인류 대 인류전이 느리고 지겹다고 했던가?

폭풍 같은 전투의 연속이었다.

푸른색 진영은 어떻게든 방어를 튼튼히 하여서 유리한 상황을 굳히려 했다.

그런데도 붉은색은 어떻게든 돌파구를 열어서 끊임없이 소수의 특공대를 쑤셔 넣는 것이었다.

없는 빈틈도 억지로 만드는 집요함!

집착 어린 컨트롤!

─약 7분간, 붉은색은 17차례에 걸쳐 총 6지역을 타격했습니다. 분당 명령 횟수를 나타내는 APM 수치는 700 이하로 내려가지 않습니다. 보통 프로게이머의 평균은 300 초반 정도인데 말이죠. 남들보다 두 배 더 빠르다는 뜻인데 그게 과연 무

슨 뜻인지 직접 볼까요?

그러면서 붉은색의 플레이 개인 화면이 나타났다.

—벌써부터 현기증이 나는군요.

그야말로 화면이 휙휙 전환되었다.

침투시키고,

컨트롤하고,

병력 생산하고,

기술 개발하고,

확장 기지를 짓고,

모든 것을 동시에 병행하느라 화면은 몇 초가 지나기 무섭게 계속 바뀌었다.

—미리 말해두지만 사람입니다. 믿기 힘드시다는 건 알지만 우리와 같은 인간입니다.

그렇게 7분이 지났을 때, 상황은 완전히 역전되어 있었다.

푸른색은 두들겨 맞느라 정신없다가 어느새 핀치에 몰렸다.

—왜 이렇게 됐을까요?

—간단합니다. 결국 계속 공격받느라 같은 자원을 먹었는데, 그 같은 자원으로 푸른색은 죽은 건설로봇을 다시 생산해 충당하는 데 소모했거든요.

—말처럼 쉬운 일이 아니었습니다. 따지자면, 자기보다 덩치 크고 힘 센 상대를 7분 동안 일방적으로 아웃복싱으로 두들겨 패는 일이거든요.

―그렇게 해서 붉은색은 결국 승리했습니다.

―끝내 단 한 세트도 지지 않고 금메달을 손에 넣는 위업을 달성했습니다. 정말 질 것 같은 게임도 기어코 역전해 버려서 말이죠.

―예, 그렇습니다.

다음 순간,

경기장에서 일제히 기립 박수를 치는 관객들이 보였다.

부스에서 나온 약관의 청년이 그 뜨거운 환호를 한 몸에 받았다.

시원시원하게 뻗은 긴 다리를 자랑하는 큰 키와 티 없는 하얀 피부, 크고 날카로운 눈빛을 가진 미청년은 아직 앳된 소년 티를 다 벗지 못했다.

―게임을 모르는 분들도 한 번쯤 이름은 들어보셨죠? 바로 이신입니다. 닉네임은 카이저, e스포츠 사상 가장 위대한 프로게이머이며 그 전설은 지금도 현재 진행형입니다. 태어났을 때 오른손에 마우스가 쥐어져 있었다는 전설까지 전해지는 사람이죠.

―혜성처럼 등장하여서 금메달을 따버린 이 새파란 신인은 이때 이미 역대 최강의 게이머로 불렸고, 아무도 이에 반박할 수 없었습니다.

―그도 그럴 수밖에 없죠. 단 한 세트도 안 졌거든요.

―족히 수년은 앞서나간 전략과 컨트롤, 그리고 피지컬을

보여주었고, 실제로 그 후로 지금까지도 그의 아성을 넘어본 선수는 등장하지 않았습니다.

─카이저의 전성기는 수년간 계속되었고, 전문가들은 입을 모아 말했습니다. 스페이스 크래프트라는 게임으로 얼마나 강해질 수 있는지를 카이저가 이미 다 보여주었다고. 앞으로도 전성기의 카이저보다 더 강할 수는 없을 거라고 말이죠.

─세월이 흐를수록 문명은 발달하게 마련입니다. 그건 e스포츠도 마찬가지죠. 지금은 그때보다도 더 다양한 전략 전술이 나왔고, 체계화된 훈련으로 선수들의 실력도 향상되었습니다.

─옛날의 선수보다 오늘날의 선수가 더 강한 건 당연한 일입니다.

─하지만 섣불리 속단할 수 없는 의문이 있습니다.

─전성기 시절의 카이저와 오늘날의 일류 프로게이머가 겨루면 누가 이길까요?

─당시에는 카이저를 능가할 선수가 아무도 없었습니다만, 그동안 많은 발전이 있었던 지금은 어떨까요?

─그리고 또 한 가지 흥미로운 질문.

─옛날의 카이저와 현재의 카이저가 겨루면 누가 이길까요?

─이번 프로젝트는 그 궁금증에서 출발하였습니다. 두 사람을 직접 붙여보면 되지 않느냐는 게 핵심이죠.

그렇게 2시간짜리 다큐멘터리는 서막을 열었다.

　　　　*　　　　　*　　　　　*

　[SC코퍼레이션의 새로운 실험 '전성기의 이신을 재현하라']

　[SC사 전성기 이신 그대로 구현한 인공지능 개발해 화제]

　[SC 사장 데이비드 코렛 "인공지능 카이저는 완성, 카이저 본인에게 검증 받았다"]

　[전성기의 이신 vs 제2의 전성기를 맞이한 이신, 사상 초유의 대결 펼쳐지나]

　[전문가도 인공지능 카이저에 주목 "사람을 완벽히 재현한 인공지능 흥미로워"]

　[전 세계 e스포츠팬들도 폭발적인 관심 "전성기의 카이저 다시 보고 싶어"]

　SC코퍼레이션이 다큐멘터리를 공개했을 때, 전 세계 e스포츠 관련 커뮤니티가 폭발했다.

　예전의 이신과 지금의 이신 중 누가 더 잘하냐는 문제는 아직도 많은 논쟁을 일으키는 초미의 떡밥이었다.

　그 논쟁거리에 SC코퍼레이션이 아예 직격탄을 날린 것이다.

　전성기의 이신을 완벽하게 재현한 인공지능!

　각국 온라인 서버에 출몰해 1위를 휩쓸었던 Kaiser2017이 바로 그 인공지능의 실험 버전이었다는 게 밝혀지면서 더 큰 충격을 던져주었다.

게다가 코렛 사장이 SNS에 올렸던 어떤 게이머의 플레이 개인 화면도 바로 그 인공지능이었다는 게 밝혀졌다.

그것은 단순히 인공지능이라서 사람보다 잘하는 게 아니냐는 지적으로 딴죽을 걸 수 있는 문제가 아니었다.

그 개인 화면은 누가 봐도 사람이었다.

인공지능이 인간이 할 수 없는 초월적인 플레이를 한 게 아니라, 전성기의 이신을 고스란히 재현한 것.

한마디로 과거의 이신이 오늘날의 각국 서버에서 모조리 1위를 한 거나 다름없었다.

다큐멘터리는 이 인공지능이 정확히 과거의 이신을 100% 구현했지 더 강하게 만들지는 않았다는 것을 증명하는 데 내용을 할당했다.

하이라이트는 시범적으로 붙어보았던 이신과 미완성 인공지능의 대결이었다.

―사실 스포일러 같아서 이 게임은 보여 드리고 싶지 않았습니다.

내레이션은 담담한 목소리에 어울리지 않는 능청맞은 말을 계속 내뱉었다.

―하지만 여러분께 증명하기 위해서는 어쩔 수 없었습니다. 우리가 인공지능을 잘못 만든 게 아니라, 원래 카이저가 인간 같지 않다는 것을요.

―단, 여러분께 재미있는 퀴즈를 내겠습니다. 누가 인공지능

이고 누가 카이저일까요? 아마 맞추기가 무척 힘들 겁니다.

그것은 Kaiser2017이 완성되자 테스트 삼아 이신과 대전해 본 게임이었다.

시작부터 보병들과 건설로봇들을 동반한 치즈러시가 펼쳐지면서 피 튀기는 공방이 펼쳐졌다.

양측의 마이크로 컨트롤은 귀신같이 정확해서 누가 인공지능인지 알 수 없게 했다.

가끔씩,

"이건 누가 인공지능인지 모르겠는데."

게임을 지켜보던 코렛 사장과 연구원들의 코멘트도 그대로 다큐멘터리에 반영되어서 즐거움을 더했다.

믿기 힘든 슈퍼 플레이의 연속이었다.

인공지능의 끊임없는 공격력도 탁월했지만, 정작 인간 같지 않은 슈퍼 플레이를 더 많이 보여준 것은 이신이었다.

지뢰가 폭발하기 전에 건설로봇들로 제거한 장면.

언덕 아래에 매설된 지뢰가 언덕 위의 기동포탑을 인식하고 날아가는 걸 기계보병으로 출입구를 막아서 불발로 만든 컨트롤.

"헉!"

"오 마이 갓!"

"무슨?!"

연구원들도 경악했다.

"둘 다 기계야! 인간들의 대결은 아니야."

그 코멘트가 보는 시청자의 입장을 대변했다.

끊임없는 공방이 서서히 소강상태에 이르고 둘 다 장기전으로 가려는 즈음,

—자, 여기까지만 보여 드리겠습니다. 누가 이겼는지, 어느쪽이 인공지능인지는 밝히지 않겠습니다.

—화내셔도 어쩔 수 없습니다. 궁금증은 이제 곧 풀리게 될 겁니다.

그게 다큐멘터리의 마무리였다.

이 탓에 네티즌들은 거의 들고 일어나다시피 했다.

—장난해? 끝까지 보여달란 말이야!

—제기랄, 미치겠네. 제발 게임을 끝까지 보게 해줘.

—코렛, 이 개자식!

—그런데 정말 어느 쪽이 인공지능일까? 둘 다 인간은 아니던데? :D

—우리를 우롱하는 게 아니라면 둘 중 한 명은 분명 인간이라는 뜻인데.

—기계보병으로 입구를 막아서서 지뢰 막은 거 봤어? 그건 인공지능일 거야. 사람이 그럴 수는 없잖아?

—어이, 얼마 전의 카이저 경기를 못 봤나보네? 철갑충차가 쏜 충격탄을 고속전차로 블로킹했어. lol

—카이저는 한동안 고생이겠군. 어느 쪽이 인공지능이고 누가 이긴 거냐는 질문에 시달리겠어.

네티즌들은 모든 궁금증이 밝혀질 때까지 기다리는 수밖에 없었다.

다큐멘터리의 마지막을 장식한 건 'D—20'이라고 크게 적힌 글씨였으니까.

"와, 둘 중 하나는 이신이라는데, 둘 다 컴퓨터 같더라."

"치즈러시를 한 쪽이 이신 아니냐? 지뢰를 길 막아서 막고, 지뢰 터지기 전에 건설로봇들로 아슬아슬하게 제거하고."

"근데 이신이면 할 수 있잖아?"

"하긴 이신도 인간은 아니니까."

"진짜 끝내주더라. 사람이 게임에 미치면 그 정도까지 할 수 있구나."

"지금 나이가 몇인데 아직도 그렇게 하지?"

"사람이 아니라 신이라서 나이도 안 든단다."

다시 e스포츠 열풍이 불기 시작했다.

첫 번째 열풍은 이신의 극적인 부활이었다.

비극적인 결말로 사라져서 전 국민이 충격을 받은 바 있었다.

경기장의 보안 부실로 범인도 찾지 못해 국가적인 망신도 당했다.

그런데 그런 이신이 기적적으로 부활하여서 끝내 세계 정상을 탈환했으니, 이 극적인 스토리에 게임을 모르는 국민들도 감동한 것이다.

그 바람에 한국 또한 e스포츠 시장이 폭풍 성장하면서 이제는 기업들도 투자에 많은 관심이 생긴 상황.

그것도 모자라 이신은 역시나 대스타답게 또다시 엄청난 화제를 터뜨려 준 것이다.

사람을 그대로 재현한 인공지능.

그 흥미로운 소재가 다시금 전 국민의 호기심을 불러 일으켰다.

세계 유수의 게임 개발사인 SC코퍼레이션에서 이렇듯 집중적으로 이신을 다룬 초대형 프로젝트를 진행했으니 자랑스러운 일이었다.

"어쩐지 존나 잘하더라."

"그 온라인 신비 고수가 몇 년 전의 이신이었던 거네. 그럼 내가 진 게 당연한 거잖아?"

"현역 프로가 몇 년 전 선수한테 진 게 자랑은 아니지."

"넌 안 졌다는 듯이 말한다?"

단연 프로게이머들에게도 화제가 되었다.

그간 온라인에 출몰한 Kaiser2017에게 깨져서 랭킹 1위를 내줘야 했던 프로게이머들은 그제야 납득하는 눈치였다.

더불어 프로 팀 관계자들까지도.

"그래서 아무리 메시지를 보내도 답이 없었구먼."

"우리는 연봉 3억을 제시했었는데 읽지도 않았더라."

"이신을 연봉 3억에 영입하려 한 거네? 읽을 리가 있나."

"어쩐지. 그게 인공지능 이신이면 납득할 수 있지. 더럽게 잘하더라."

"예전에 판을 싹 쓸었던 그 실력인데 현역 프로라도 당해낼 애들이 있나."

선수 생명이 짧은 프로게이머와 달리 오랫동안 e스포츠에 종사했던 관계자들은 전성기의 이신이 어떤 존재였는지 똑똑히 기억하고 있었다.

온 세상이 이신을 중심으로 돌아갔고, 어떤 e스포츠 관련 이벤트도 이신이 없으면 성립되지 않았다.

적수를 도무지 찾을 수가 없었고, 홀로 관객을 수만 명씩 몰고 다닌, 걸어 다니는 폭풍이었다.

"몇 년 전의 스타일이라고 해도, 이신은 규격 외지."

"그 시절 이신이 상대면 해볼 만할 거라고 자신만만한 애들이 있던데, 솔직히 걔들은 그때의 이신을 못 봐서 그래."

"그 당시에 이신과 숱하게 붙어봤던 선수는 그런 소리 못 하지. 그 시절에 2군이나 연습생이라 경기에 못 나갔던 애들이나 그런 말하는 거잖아."

"그 시절에 주전이었던 애들은 대부분 나이 들어서 밀려났으니까."

프로 팀에서 코칭스태프나 전략 팀 연구원으로 활동하는 관계자들은 대부분 그 시절 이신을 이기기 위해 머리를 쥐어

짰던 사람들이었다.

아무리 세월이 흘러 트렌드가 변했어도 그 시절의 이신만큼은 쉽사리 논할 수 없는 존재였다.

"트렌드는 돌고 도는 거라 오히려 그때의 이신이 지금보다 더 무서울지도 몰라. 난 인공지능이랑 이신이 붙는다면 인공지능이 이길 거라고 본다."

"지금도 괴물이지만 그때는 그냥 살육 머신이었지."

확실한 것은 모두가 인공지능 카이저가 무대 위로 등장하기를 기다리고 있다는 것이었다.

*   *   *

이신은 한국에 귀국하고서 한동안은 부모님이 계시는 본가에서 지냈다.

해외로 나가는 바람에 얼굴 보기 힘들었던 아들이 머물러 있자 어머니는 무척 좋아하셨다.

잠깐 얼굴 비치고 용인으로 돌아가려 했던 이신은 기뻐하시는 어머니를 보자 떠날 수가 없어서 본가에 오래 머물러야 했다.

그런 이신을 보러 온다는 명목으로 주디가 뻔질나게 찾아왔는데, 어머니도 주디를 아주 예뻐했다.

냉담했던 관계는 다소 개선되었으나 여전히 이신과 그리 친한 편은 아닌 아버지조차도 주디와는 곧잘 말을 붙이며 대화를 나누는 편이었다.

"얘기는 많이 들었다. 귀한 집 딸이면서 프로 선수 하겠다고 한국까지 왔군. e스포츠가 대단하긴 한가보네. 시대가 달라졌어."

그러면서 주디에게 덕담까지 하시는 걸 보니, 이신은 약간 충격도 받아야 했다.

'나는 그리도 무시하시더니.'

이신은 아버지의 인정을 받지 못했던 과거가 억울해졌다.

물론 지금이야 아버지의 부탁으로 한국대학교에서 강연까지 했기 때문에 예전과 달랐다. 하지만 아버지께 인정받지 못했던 과거는 이신의 역린(逆鱗)과도 같은 부분이었다.

기뻐해야 할 일이긴 했지만, 주디에게는 저토록 쉽사리 인정하고 호의적인 아버지를 보니 못마땅한 면이 있었다.

내색은 하지 않지만 심기가 불편한 이신의 속내를 짐작한 어머니는 웃으며 타일렀다.

"넌 아버지 후계자였잖니."

"네?"

"게임하기 전에는 전교 1등을 독차지하던 수재였잖니. 네가 교수가 되어서 교육자 집안 전통을 이을 거라고 기대하셨는데, 게임 때문에 아들을 뺏긴 기분이셨을 거야."

"……."

"차라리 공부를 지지리 못했으면 게임으로라도 성공했다고 안심하셨을 텐데, 이게 다 아들이 재주가 많아서 탈이지 뭐니."

그 말에 이신은 많은 생각이 들었다.

만약에 자신에게 아들이 생기고, 그 아들이 자신을 쏙 빼닮아 게임을 잘했다면 어땠을까?

성공할 가능성이 충분해 보이는 재능이 확연히 보일 정도라면, 이신 역시 그런 아들이 기특하고 자신처럼 프로게이머가 되기를 기대했을 것이다.

아버지에게는 이신이 그런 존재였던 것이다.

이신도 제자들을 키워서 성장하는 걸 보았기 때문에 이제는 그런 심정을 약간이나마 알 것 같았다.

그런 심정이 이해가 되니, 이신은 오랫동안 사이가 좋지 않았던 아버지를 아련히 바라보았다.

고3 시절 게임에 빠져서 성적이 쭉쭉 떨어지는 걸 보며 역정을 내셨던 아버지는 어떤 심정이셨을지, 이제 조금은 이해할 수 있을 것 같았다.

물론 부모가 되어 보기 전에는 아버지의 심정을 100% 확실히 느끼지는 못할 테지만.

그러고서 얼마 후, SC코퍼레이션이 다큐멘터리를 공개했다.

이미 인공지능을 개발하면서 촬영했던 제작 일지를 잘 편집해서 제작한 듯했다.

인공지능의 존재가 공개되면서 세상이 난리가 나자, 이신은 더 이상 한국에 있을 수가 없었다.

본가까지 찾아와서 질문 공세를 해대는 기자들 때문에 편히 휴식을 취하지 못했다.

친분이 있는 프로 팀 관계자들도 연락을 해오고 있어서 귀찮음을 느낀 이신은 결심했다.

"잠시 캐나다에서 쉬다가 오겠습니다."

"집에 온 지 얼마나 됐다고 그러니?"

예상대로 어머니가 섭섭해하셨다.

"조용히 쉬고 싶어서요, 소란이 가라앉을 때까지 밴쿠버에 있겠습니다. 주디와 존도 휴가 받은 김에 집에 다녀와야 하고요."

"언제 돌아올 거니?"

"휴가 끝나기 전에 돌아와서 며칠 더 있다 중국으로 복귀할게요."

"어휴, 아들하고 같이 있기가 이렇게 힘들다."

결국 어머니는 허락했다. 솔직히 허락 안 한다고 안 갈 이신도 아니었으니까.

그리고 아버지는,

"이따가 잠시 얘기나 하자꾸나."

"예."

그날 밤, 이신은 잠들기 전에 아버지와 함께 서재에서 이야기를 나눴다.

"중국은 어떠냐."

"지낼 만합니다."

"공기가 별로 안 좋다던데."

"숙소는 괜찮습니다."

호텔에서 지냈다가 SC스타즈가 마련해 준 숙소로 옮겼는데, 그 숙소는 호화 콘도를 방불케 했다.

상주하는 경비원과 주기적으로 방문하는 가사 도우미까지 있는 걸 보면, 팀 차원의 특별 대우가 아니라 중국 굴지의 명문 집안인 장양의 가족들의 입김이 들어간 듯했다.

모든 시설이 다 있는 쾌적한 환경이라 이신은 불편함을 느껴본 적이 없었다.

"그래, 어딜 가도 잘할 테지."

아버지는 고개를 끄덕이셨다.

그런 칭찬 한마디 한마디가 왜 이렇게 가슴에 따뜻하게 와 닿는 것인지 이신은 알 수 없었다.

문득 이신이 물었다.

"제가 공부를 그만둔 게 싫으셨어요?"

아버지의 눈에 이채가 떠었다. 그러고는 이내 한숨을 쉬셨다.

"그럼 좋을까? 너 고2 때만 해도 다른 교수들이 얼마나 부러워했는데."

"그렇습니까?"

"최고의 명문 대학에서 아비가 아들을 가르치는… 뭐, 그런 걸 꿈꾸기도 했다."

그러면서 아버지는 쓴웃음을 지었다. 이제는 이루어지지 않을 꿈이었다.

이신은 고3 때 거짓말처럼 게임 폐인이 되었고, 또한 현재도 중국 진출 탓에 장기 휴학 중이던 중상대학교에 남아 있을 수 없게 되었다.

아무리 학교에서 특별히 배려를 해준다 해도, 중국에서 활동하는 이신을 재학 처리해 줄 수는 없는 노릇이었다.

자칫 잘못하면 특혜라고 괜히 구설수에 오를 수 있는 문제였다. 꼼짝없이 대학 중퇴가 되는 수순이었다.

"대학 중퇴라니……."

한숨을 다시 쉰 아버지는 이내 고개를 저으며 말했다.

"뭐, 됐다. 이렇게 성공했고 인정도 받는데 대학이 무슨 상관이겠냐. 다 내 욕심이지."

그러면서 아버지는 놀랍게도 이신의 어깨를 툭툭 두드렸다.

한 번도 하지 않았던 다정한 스킨십이라, 조심스러움과 어색함이 남아 있는 아버지의 손길.

이신은 울컥하는 기분이 밀려왔다.

"죄송합니다."

"…뭐?"

아버지 역시 눈이 휘둥그레졌다.

생전 아들이 사과하는 꼴을 본 적이 없었기 때문.

"제게 꿈이 있듯이 아버지도 제게 기대하셨던 꿈이 있으셨는데, 그때는 제가 거기까지는 생각 못 했습니다."

아버지가 프로게이머가 되는 것을 인정해 주지 않자, 이신도 칼같이 돌아서서 떠나 버렸다.

후회하지는 않지만, 그때의 냉철한 결정에는 아버지의 심정을 헤아리는 배려심이 없었다.

"결국 네 인생인걸, 내 꿈이 뭐 중요할까."

"그 꿈은 좀 기다려 주셔야 할 것 같습니다."

"……?"

의아해하는 아버지에게 이신이 말했다.

"언제고 선수 생활을 그만두고 은퇴하게 되면 한국대에 입학하겠습니다."

"한국대에 어떻게?"

"수능 다시 보면 됩니다."

"사학과를 가고 싶어 하지 않았더냐?"

아버지는 경영학 교수였고, 경영대학의 학과장이기도 했다.

"경영을 부전공으로 하죠. 얼마 전에 프로 팀 하나를 인수했는데, 경영도 좀 배워놓으면 도움이 될 것 같습니다."

"은퇴한다면 서른은 넘었을 텐데 그때 가서 수능 공부 다시 한다고?"

"그래 봤자 공부가 별거 있겠습니까?"

이신은 대수롭지 않게 말했다. 그는 작심하고 공부했을 때는 전교 1등을 놓친 적 없었던 수재였다.

아버지는 좀 생각해 보더니 납득한 듯 고개를 끄덕였다.

"하긴, 그래 봤자 수능 공부인데 서른에 다시 한데도 별로 힘들 건 없지."

아버지도 수재이긴 마찬가지.

공부가 너무 쉽다는 부자는 그렇게 훗날에 이루어질 꿈을 기약했다.

『마왕의 게임』 20권에 계속…

초대형 24시 만화방

신간 100%, 샤워실, 흡연실, 수면실(침대석), 커플석, 세탁기 완비

▪ 시흥 정왕25시점 ▪

경기 시흥시 정왕동 1742-13 미스터피자 건물 5층
031) 319-5629

▪ 강북 노원역점 ▪

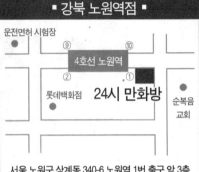

서울 노원구 상계동 340-6 노원역 1번 출구 앞 3층
02) 951-8324 (화용빌딩 3층)

▪ 일산 정발산역점 ▪

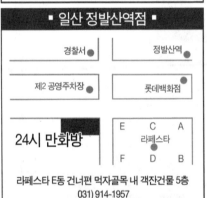

라페스타 E동 건너편 먹자골목 내 객잔건물 5층
031) 914-1957

▪ 일산 화정역점 ▪

경기도 고양시 덕양구 화정동 984번지 서일빌딩 7층
031) 979-4874 (서일사우나 건물 7층)

▪ 부천 역곡역점 ▪

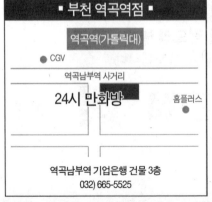

역곡남부역 기업은행 건물 3층
032) 665-5525

▪ 부평역점 ▪

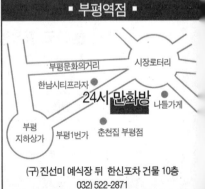

(구) 진선미 예식장 뒤 한신포차 건물 10층
032) 522-2871

GRAND SLAM
그랜드슬램

FUSION FANTASTIC STORY

자미소 장편소설

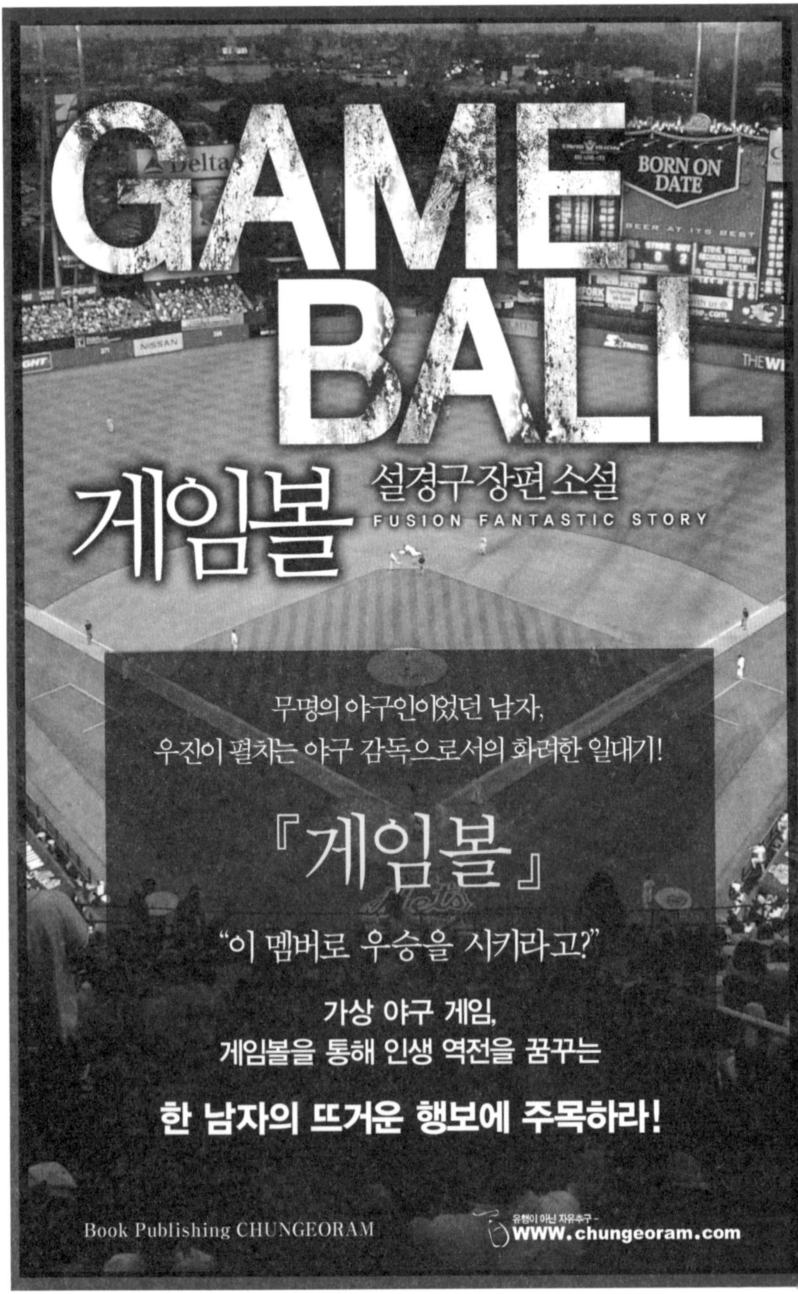

GAME
BALL
게임볼
설경구 장편 소설
FUSION FANTASTIC STORY
무명의 야구인이었던 남자,
우진이 펼치는 야구 감독으로서의 화려한 일대기!
『게임볼』
"이 멤버로 우승을 시키라고?"
가상 야구 게임,
게임볼을 통해 인생 역전을 꿈꾸는
한 남자의 뜨거운 행보에 주목하라!
Book Publishing CHUNGEORAM
유행이 아닌 자유추구 -
WWW.chungeoram.com

FUSION
FANTASTIC
STORY

Miracle Direction
서산화 장편소설

기적의 연출

천재 영화감독, 스크린 속 세상을 창조하다!

『기적의 연출』

대문호 신명일과 미모로 손꼽히던 여배우 김희수의 아들 신지호.

일가족은 불운한 사고로 인해 크나큰 비극을 겪는다.

이 사고로 섬광 기억(Flashbulb memory)이라는 능력을 얻게 된 그 순간!

그의 모든 게 달라졌다.

"배우의 혼을 이끌어내고, 관중의 영혼을 붙잡아야 합니다.

그게 제 목표입니다."

완전한 감독을 꿈꾸는 신지호,
이제 그의 영화가, 세상을 홀린다!

Book Publishing CHUNGEORAM

유행이 아닌 자유추구 -
WWW.chungeoram.com